# 悪役令嬢？　いいえ、極悪令嬢ですわ2

浅名ゆうな



22021

角川ビーンズ文庫

Contents

悪役令嬢？いいえ、極悪令嬢ですわ
人物紹介
カディオ・グラント
近衛騎士団。レンヴィルドの護衛をしている。
レンヴィルド・ヴァールヘルム・レスティリア
レスティリア王国の王弟。
ローザリア・セルトフェル
表向きは「薔薇姫」、裏では「極悪令嬢」と呼ばれるセルトフェル侯爵家令嬢。

**アレイシス・セルトフェル**
ローザリアの義弟。隠れシスコン。

**ルーティエ**
レスティリア学園の特待生。前世での乙女ゲームの知識をもつ。

**ジラルド・アルバ**
次期宰相候補?

**フォルセ・メレッツェン**
ローザリアの元婚約者。

**ミリア**
ローザリアの専属侍女。

**グレディオール**
ローザリアの従者。正体は伝説のドラゴン。

本文イラスト／花ヶ田

# 甘い罪のプロローグ

国内貴族のほとんどの子息息女が通う、王立レスティリア学園。

文武に秀《ひい》でた者を、あるいは素晴《すば》らしい淑女《しゅくじょ》を世に送り出す、歴史の古い学舎《まなびや》だ。

そこに現在、腫《は》れ物のように扱《あつか》われる生徒が二名在籍《ざいせき》していた。

一人は特待生として市井《しせい》から入学してきた少女、ルーティエ。

優秀《ゆうしゅう》な成績を収め難関の特待生枠《わく》を摑《つか》んだ秀才なのだが、いかんせん貴族ばかりの学園においては浮《う》いてしまう存在だった。

彼女自身の人懐《ひとなつ》っこさによる目に余る行動のためでもあるが、最近は学園内の校規に則した振《ふ》る舞《ま》いをするようになったと専《もっぱ》らの評判だ。

もう一人の問題児は、ローザリア・セルトフェル。陰《かげ》で『極悪令嬢《ごくあくれいじょう》』などと囁《ささや》かれている、侯爵《こうしゃく》家令嬢。

セルトフェル邸《てい》から一歩も出ることなく生涯《しょうがい》を終えるはずだった『薔薇姫《ばらひめ》』という存在であるのに、自らの意志と行動により学園への編入を果たした。

周囲の生徒達からすればいい迷惑《めいわく》といったところだが、本人は遠巻きにされることさえ全く気にせず学園生活を謳歌《おうか》している。

本日の授業も無事に終了《しゅうりょう》し、放課後。

ルーティエが、ローザリアの席に近付いてきた。

「ローザリアさん、もう行ける？　あ、間違《まちが》えた。ローザリア様、もう行けますか？」

「ルーティエさん……」

普段《ふだん》はくだけた口調の彼女も、教室内ではつたないながらも敬語で話す。

完璧《かんぺき》には程遠《ほどとお》いけれど、公《おおやけ》の場で最低限の振る舞いができるようになっただけでも目覚ましい進歩だった。

「学園内では身分の上下を問わないとはいえ、目下の者から話しかけるのは礼儀知《れいぎし》らずな行いだといつも言っておりますでしょう」

「うぅ。ごめんなさ……じゃなくって大変失礼しました」

「うっかりが多すぎますわよ」

「はい、すみません」

子犬のような風情《ふぜい》で落ち込むルーティエに、ローザリアは嘆息《たんそく》した。

人の目がある場所では、互《たが》いに本音で話せない。

それは、貴族令嬢として育ったローザリアにとって当たり前のことだったはずなのに、今は少し歯痒《はがゆ》く感じる。

「残念ですが、少々所用がございますの。先に向かっていてくださる？」

今日はこのあと、お茶会の約束があるのだ。

はじめの質問に答えると、ルーティエは寂《さび》しそうにしながらも素直《すなお》に頷《うなず》いた。

「分かりました。先に行ってますね」

「えぇ。くれぐれも、アレイシスを連れていくことを忘れないように」

「目的地が同じなのに、忘れるわけないですよ。ローザリア様ったら心配性《しょう》ですね」

最後には笑顔《えがお》になり、彼女は離《はな》れていった。

そのまま義弟《おとうと》であるアレイシスに歩み寄り、何やら楽しそうに話している。

彼は問題児のように見えてかなりしっかりしているし、来年度の執行部《しっこうぶ》入りは確実とされている。アレイシスがついているなら安心だ。

それを見届けてから、ローザリアも鞄《かばん》を手に席を立った。

周囲の怯《おび》えが混じった視線をものともせず一人廊下《ろうか》を進んでいく。

目的地は、北校舎裏。

呼び出しとしては馬鹿《ばか》馬鹿しいほどありきたりで、その分相手の程度も知れるというもの。

校舎自体の角度のためか、放課後の校舎裏にはほとんど日が差さない。そのせいもあって、生徒があまり近寄らない場所の一つだった。

遠目から指定された場所を観察してみると、目を尖《とが》らせた女生徒が三人、威圧感満載《いあつかんまんさい》で待ちわびていた。

——ああいった手合いは、徒党を組むのがお好きなのかしら。物好きな。

顔を見れば、家名も家格も分かる。彼女達は新興貴族の令嬢だ。

新興貴族は、事業に成功した商人が爵位を買うなどして地位を得ている場合が多い。元々平民であったからこそ、天真爛漫《てんしんらんまん》に振る舞うルーティエが余計目障《めざわ》りなのだろうか。

貴族としての誇《ほこ》りが歪《ゆが》んだために、品位の欠片《かけら》もないいじめへと発展している。

警戒《けいかい》する価値さえないと判断したローザリアは、さっさと片付けてしまうことにした。

「ごきげんよう」

故意にゆっくりと言葉を紡《つむ》ぐ。

少女達は、予想外の人物の登場にギョッとしている。

「な……何であんた、いえ、ローザリア様が……」

「見ず知らずの方々に名前を口にされるなんて不快ですわ。どうぞわたくしのことは、家名でお呼びくださいませ」

冷たい笑みに、女生徒達はみるみる青ざめていく。

「ルーティエ様はどうしても外せない大切なご予定があるそうなので、わたくしが代わりに参りましたの。わざわざ彼女を呼び立てるほど重要な用件がございましたら、無視をしては失礼にあたるかと思いまして」

ローザリアはことさら勿体《もったい》ぶり、けれど決して歩みを止めることなく近付いていく。

それはまるで、蛙《かえる》を捕食《ほしょく》する蛇《へび》のような。

「──それで？　一体どれほど大切なことをお聞かせいただけるのかしら？」

白々しく訊《たず》ねると、女生徒達はますます顔色が悪くなる。

『極悪令嬢』が登場した時点で戦意を喪失《そうしつ》していた彼女達は、離脱《りだつ》もまた素早《すばや》かった。

「たっ、大変失礼いたしました……！」

まだ話はついていないというのに、身を翻《ひるがえ》して駆《か》けていく女生徒達。

振り返った時には既《すで》に背中が遠ざかっていた。

「全く、骨のないこと」

二度とこんな呼び出しをしないよう釘《くぎ》を刺《さ》し損《そこ》ねたが、ああも怯えていたならもう手出しをしてくることはないだろう。

ローザリアは、未《いま》だルーティエを蔑視《べっし》する輩《やから》から彼女を守っていた。

それほど多くはないが、何日かに一度手紙で呼び出されていたルーティエ。

彼女がそのたび落ち込むために、気取られぬようこっそり代わってやるようになっていた。

人助けのため、友情のため、という殊勝《しゅしょう》な気持ちからではない。

全《すべ》てはこのあとのお茶会を心から楽しむためだ。

どうせレンヴィルドにからかわれるであろう言いわけを頭の中で並べていると、鞄で揺《ゆ》れる組み紐飾《ひもかざ》りが目に留まった。

それは、親しくするようになってしばらく経《た》った頃《ころ》、手先の器用なルーティエから受け取った手作りの贈《おく》りもの。

お揃《そろ》いになっていて、ローザリアは薔薇をかたどったものを、彼女は桜という花をかたどったものをそれぞれ鞄に下げていた。

照れくさく思いながらも素直に受け取った時の、ルーティエの嬉《うれ》しそうな笑顔。

思い出すと自然とローザリアの口角も上がっていた。

軽い足取りで談話室に向かうと、既に全員が集まり各々談笑《おのおのだんしょう》していた。

ルーティエは、アレイシスと公爵家子息であるフォルセ・メレッツェン、次期宰相《さいしょう》候補との呼び声高いジラルド・アルバに囲まれ、賑《にぎ》やかに紅茶の準備をしていた。

ソファに身を預けてくつろいでいるのは、王弟《おうてい》であるレンヴィルド・ヴァールヘルム・レスティリア。

そして彼のすぐ後ろに控《ひか》えているのは、王立騎士《きし》団の中でも花形である近衛《このえ》騎士団に所属している、カディオ・グラントだった。

「ごきげんよう。レンヴィルド様、カディオ様」

「やあ、ローザリア嬢。今日は早かったようだね」

王弟殿下《でんか》からの言外の指摘《してき》に、ローザリアはすぐさま鉄壁《てっぺき》の笑みを返した。

「レンヴィルド様こそ、今日は執行部の仕事を押し付けられなかったようで何よりですわね」

「押し付けられた分を予定までに終わらせるのが、できる男というものだよ」

「できる男性はそもそも仕事を押し付けられないと思いますけれど」

こんな嫌《いや》みの応酬《おうしゅう》ができるのも、確実に仲裁《ちゅうさい》してくれる人間がいるからこそだ。

予想通り、慌《あわ》てた様子で割って入ったのは気の優《やさ》しいカディオだった。

「お二人とも、今日はその辺にしておいてください」

「まぁ、カディオ様がそこまでおっしゃるなら」

コロリと態度を豹変《ひょうへん》させるとレンヴィルドがもの言いたげにしたが、ローザリアは気にせずテーブルに並ぶクッキーに手を伸《の》ばした。

今日のクッキーは素朴《そぼく》なバタークッキーだが、ルーティエの手作りだ。男性陣《じん》による熾烈《しれつ》な取り合いになるのは必至だった。

「それにしてもレンヴィルド様、最近押し付けられる仕事量が尋常《じんじょう》ではございませんわよ?」

以前から手伝うことはあったが、こんなに頻繁《ひんぱん》でも大量でもなかったはずだ。

レンヴィルドも疲《つか》れたように首を振《ふ》った。

「私もそれには同感だよ。これでは執行部の役員とほぼ変わらないのではないかとね」

「苦情をお伝えするべきでは?」

「選挙やら卒業式やら、忙《いそが》しすぎて手が回らないと泣き付かれてしまえば、無下にできるはずないだろう？」

「わたくしならばできますけれど」

「まぁ、あなたはね……」

執行部の役員を決める選挙は、現執行部員二名からの推薦《すいせん》を受けた数名が、票を争う仕組みとなっている。

新年度に変わって一ヶ月ほどで告示されるので、最近の学園内は少しずつ近付く一大行事の話題で持ちきりだった。

全く無関係であるローザリアは、冬の最中だというのに気が早いと呆《あき》れるしかない。

枯《か》れきったため息をつく二人の許《もと》に、ルーティエがやって来た。

「ローザリアさん、レンヴィルド様。今話してたんだけど、最近街にオープンしたばかりの複合型施設《しせつ》、ドルーヴにみんなで行ってみない？」

「ドルーヴ？」

首を傾《かし》げるローザリアと異なり、カディオは明るい顔で頷いた。

「あぁ、ドルーヴなら俺も聞いたことがあります。確か、以前遊びに行ったショコラ店も支店を出しているそうですよ」

「そうなのですか」

何でも、色々な店舗《てんぽ》が一ヵ所に集まった大規模な複合型商業施設らしい。

食事店や甘味店、衣料品店など出店店舗の種類は多岐《たき》にわたり、目新しいもの好きの間で話題になっているという。

確かに、様々な店を一ヵ所にまとめるというのは今までになかった発想だ。そこに行くだけで欲しいもの全てが手に入るということか。

「カディオ様はもう行かれたのですか？」

「ものすごく混《こ》んでるので、残念ながら一度も。最新の甘味や外国の果物なんかも売られてるらしいから、興味はありますけどね」

ローザリアと同じくかなり甘党なので気になるのだろう。

――他《ほか》の方々はそれほど甘いものが得意ではありませんし、あわよくば二人きりで……なんてことも不可能ではないかしら。

今まで大人数で出かけたことはあったが、デートの経験はない。

ローザリアは、ようやくカディオへの想《おも》いを自覚したばかりだ。

そして自覚したからには何とか策を弄《ろう》して攻《せ》め落としたいと、恋《こい》する乙女《おとめ》としてはかなり不《ふ》穏《おん》な考えを持つようになっていた。

「それでね、ローザリアさん」

物思いに沈《しず》んでいたローザリアは、ルーティエの声にハッと我に返った。デートの前に、まずは全員で遊びに行く予定を話していたのだった。

彼女はしばらくモジモジしていたが、やがて何かを決意したかのようにしっかり目を合わせてから口を開いた。

「あのね、その……もし可愛《かわい》い小物とかあったら、お揃いでどうかなって……。もちろん、ローザリアさんのお眼鏡《めがね》に適《かな》うものを庶民《しょみん》の私が買えるか分からないんだけど！」

直球を投げ込まれ、ローザリアは面食《めんく》らった。

ルーティエのこういった素直《すなお》なところは、見習わなければと思うほどの美点だ。

とはいえ親しくなったばかりだからか、毎日どぎまぎさせられっぱなしなのだが。

ニヤニヤするレンヴィルドをあえて無視しながら、ローザリアはことさら顎《あご》を反らした。

「わたくし、高価であるほど素晴《すば》らしいなどと考える、底の浅い人間ではありませんわ」

「？　つまり……？」

「……わたくしも、嬉しいです」

なぜここまで言わねば分からないのかと八つ当たり気味に考えるも、輝《かがや》くような笑顔《えがお》を見れば文句が出てこない。

ローザリアは僅《わず》かに頬《ほお》を染めながら、誤魔化《ごまか》すようにチョコレートを取った。

「やはり疲れている時は、チョコレートよね」

彼女の甘すぎる真っ直《す》ぐさは、心臓に悪い。

校舎裏への呼び出し以上にローザリアの感情を揺らすのだ。

ルーティエが、心配そうに顔を曇《くも》らせた。

「ローザリアさん、疲れてるの？」

「ええ、一仕事して参りましたので」

「仕事？」

「そうね。――『極悪令嬢《ごくあくれいじょう》』の嗜《たしな》み、といったところかしら？」

ローザリアは彼女を安心させるよう微笑《ほほえ》み、オレンジピールのチョコレートを口に含《ふく》む。

ビターチョコレートの控えめな甘みが口内に広がると、あとからオレンジの果皮のほろ苦さと鼻に抜《ぬ》ける爽《さわ》やかな香《かお》りが追いかけてくる。

その甘美《かんび》さを知ってしまえば、もう一度手を伸ばさずにいられないのだから。

甘いものとは何とも罪深い。

# 第１話　白い冬、温かな日々

冬が深まると、レスティリア王国の王都は純白に包まれる。

結露《けつろ》に覆《おお》われる窓の向こうでは今も静かに雪が降り続いていた。

枯れ木の物寂《ものさび》しさや重苦しく立ち込める暗い雲、外壁《がいへき》のレンガさえ色を鈍《にぶ》らせているのに、冷たい雪だけが白い。

まるで穢《けが》れを知らないような、孤高《ここう》の華《はな》。

寮《りょう》の自室で登校準備をしていたローザリアは、曇り硝子《ガラス》の向こうにしばし見惚《みと》れていた。

「ローズ様？」

長いシルバーブロンドを梳《くしけず》っていた専属侍女《じじょ》のミリアが、不思議そうに愛称《あいしょう》を呼ぶ。

ローザリアは夢から覚めるように目を瞬《またた》かせた。髪《かみ》と同色の長い睫毛《まつげ》が、蝶《ちょう》の羽ばたきのように儚《はかな》く揺《ゆ》れる。

「ごめんなさい、途中《とちゅう》だったわね。続けて」

「もしや、お疲れなのではございませんか？　今日はお休みにいたしましょうか」

心配げに顔を曇らせるミリアに、ローザリアは笑顔を返した。

「平気よ、少しぼんやりしていただけ。いつまで経《た》っても心配性《しょう》ね、あなたは」

「ローズ様が無茶《むちゃ》ばかりするからですよ」

「嫌だわ、わたくし勝算のない賭《か》けに手を出した覚えはないわよ？」

「そもそも普通《ふつう》の令嬢は賭けなどいたしませんし、賭けねばならないほど追い込まれることもありません」

軽口を見事な正論で打ち返されては、黙《だま》る他なかった。最近、専属侍女の舌鋒《ぜっぽう》の鋭《するど》さが留《とど》まるところを知らない。

行動を共にすることが多い従者の影響《えいきょう》に違《ちが》いないと、ローザリアは外套《がいとう》の準備をしていたグレディオールを見遣《みや》る。

黒髪に神秘的な金緑の瞳《ひとみ》を持つ青年は、主《あるじ》を冷たく一瞥《いちべつ》した。

「何を考えておられるのか私には分かりかねますが、『使用人は主に似る』という格言を聞いた覚えがあります」

「あなたのその尊大さは生まれつきでしょう？」

「滅相《めっそう》もございません、我が主」

こういう時ばかり慇懃《いんぎん》な態度になる従者に、主への敬意など欠片《かけら》も見当たらない。

いつものことなので怒《いか》りすら湧《わ》かず、ローザリアはミリアへと再び話を促《うなが》した。

「それで？　確か、街の流行の話だったかしら？」

「はい。王都民の間で話題になっている複合型施設の中に、北方のローザンランド王国出身の料理人が出店しております。この国では珍《めずら》しい、色々な種類のチョコレートやケーキが食べられるそうですよ」

「複合型施設……あぁ、確かドルーヴというところよね。それなら、ルーティエさんから少し聞いているわ」

先日の賑《にぎ》やかなお茶会を思い出しながら、ローザリアはふと笑みを漏《も》らした。

「ミリアよりも彼女の方が情報が早いなんて、何だかおかしいわね」

さすがルーティエというか、やはり街で暮らしていただけのことはある。

クスクス笑い声をこぼしていると、髪を整え終えたミリアが微笑ましげに目を細めた。

「よかったですね、ローズ様。ルーティエさんとお友達になれて」

長年の付き合いであるミリアにとって感慨《かんがい》深いものがあるのだろうが、『初めてのお友達』を褒《ほ》められると何ともこそばゆい気持ちになる。

ローザリアは微妙《びみょう》な気持ちになって黙り込んだ。

「そういえば、昨夜遅《おそ》くシャンタン国の船が我が国の港に到着《とうちゃく》したという話は、もうお聞きになりましたか？」

「シャンタン国？　そんな話、レンヴィルド様から聞いていないけれど」

シャンタン国とは貿易も行われていないし、何より深夜の入港というのが意味深だ。レンヴイルドはこのことを知っているのだろうか。

「それと先日、カラヴァリエ伯爵《はくしゃく》が領地にて鉱山を発見したと公表いたしました。発見されたのは三ヶ月ほど前のことだそうです」

「カラヴァリエ伯爵……確か男系継承《けいしょう》の家柄《いえがら》だけれど、現在は例外的に女性が爵位を継《つ》いでいるのだったかしら。それにしても三ヶ月とは、公表するまでずいぶん間があったのね。採掘《さいくつ》された鉱物の分析《ぶんせき》に時間がかかったのかしら？」

「さぁ、そこまでは。ただ確かに、何が採れるかは公表していないので少し不自然ですよね。気になるようでしたら調べましょうか？」

「――いいえ。今はまだ、いいわ」

こうして身嗜《みだしな》みを整えながら、ミリアがあらゆる伝手《つて》を駆使《くし》して集めた情報を聞くのが、ローザリアの毎朝の日課だった。

元々は、鳥籠《とりかご》の生活を余儀《よぎ》なくされていた頃《ころ》に始めたことだ。

屋敷《やしき》で大人しくしていてさえ敵が多かったローザリアにとって、どんな些細《ささい》な噂話《うわさばなし》も重要な武器となる。ミリアは逸材《いつざい》で、何度か情報収集を頼《たの》んでいる内にその才能を開花させた。

街から上ってくるまことしやかな噂話や、貴族の間で囁《ささや》かれている秘《ひ》め事など内容は多岐《たき》にわたり、彼女の情報網《じょうほうもう》には本当に恐《おそ》れ入る。

制服もシワなく整え、登校準備は万端《ばんたん》だ。

今日も完璧《かんぺき》な仕上がりに満足の笑《え》みを浮《う》かべると、ミリアは最後にと付け加えた。

「では、もう一つだけ。最近、街に不審《ふしん》人物がたびたび現れるという噂を聞きました」

それは、ルーティエからも聞いたことのない噂。

広くて活気のある王都。治安はいいが、小競《こぜ》り合い程度ならばそれなりに起こる。

それをミリアがわざわざ報告するということは、ローザリアに関係があるということだ。

「街に？」

「はい。しかも街と言っても王都ではないのです」

ローザリアに関《かか》わりがあり、かつ、王都ではない場所。それはつまり——。

「貧民街、ということ？」

「その通りです。しかも噂の出所は、何とあのゴロツキ達なのですよ」

「まぁ……」

以前に誘拐未遂《ゆうかいみすい》事件で知り合ったゴロツキ達は、ローザリアの采配《さいはい》によって比較的《ひかくてき》軽い処罰《しょばつ》で済んだものの、これまで通り暮らしているわけではない。

労役刑《ろうえきけい》が科せられた者達は、刑期を終えるまで労役所で寝起《ねお》きをする決まりとなっている。

とはいえ家族との面会は許されているので、ミリアはそこからゴロツキ達が得た情報を又聞《またぎ》きしたのだろう。彼女は寮生活で頻繁《ひんぱん》に顔を出せないローザリアに代わり、労役所へ足を運ぶことがある。

けれど不審者が貧民街に出没《しゅつぼつ》する、というのは奇妙《きみょう》な話だった。

正確には、その噂を貧民街の住人から聞くのは。

彼らは着古した服を着ているし、ろくにひげも剃《そ》らない。汚《よご》れていても平気で歩き回っているため、王都民には恐ろしい不審者と映ることもあるだろう。

だがそれは、王都民から見ればの話。

同じ貧民街に住まう者同士、よほどでなければ不審者と騒《さわ》ぎ立てるはずもない。

——だとすれば、実際に不審者が出没しているということだわ。けれど目的は何？　貧民街で窃盗被害《せっとうひがい》があったなどという話は滅多《めった》に聞かないけれど。

貧民街に暮らすのは、毎日食べるのがやっとの苦しい生活をしている者ばかり。

潜在的《せんざい》な犯罪者や柄《がら》の悪い者は多いかもしれないが、貧しさゆえ支え合わねば生きていけない。そのため互《たが》いの財産を潰《つぶ》し合うような愚行《ぐこう》は犯《おか》さないのだ。

そもそも仮に実行したとして、王都民を襲《おそ》った方が旨《うま》みもあるというもの。そう考える犯罪者が多いからこそ、治安がいいはずの王都でスリや強盗《ごうとう》が根絶しないのだろうし。

王都民と貧民街の住民の間に深い溝《みぞ》があるのもそのためだ。

何とかしようにも、差別については一朝一夕《いっちょういっせき》で解決する問題ではないから、今は一旦《いったん》置いておくことにして。

「それは何とも、奇妙な噂ね……」

ローザリアは独りごちるように呟《つぶや》いた。

ミリア達に見送られながら寮を出ると、まだ少し時間が早いようで人影《ひとかげ》が全くなかった。

ローザリアは、不審者に関する噂を思い返しながら石畳《いしだたみ》の上をゆっくりと進む。

しばらく歩いていると石の感触《かんしょく》が靴底《くつぞこ》から伝わってきて、忍《しの》び込む冷気にふるりと震《ふる》えた。

まるで素足《すあし》で石畳を踏《ふ》んでいるようだ。

ふと、顔を上げる。

冬の朝の空気とは、何と鮮烈《せんれつ》で厳《おごそ》かなのか。

胸を揺《ゆ》さぶるような静寂《せいじゃく》に、立ち止まって大きく深呼吸をする。

すると、突然《とつぜん》背後から声がかかった。

「……何をしているんだい？」

ローザリアが振《ふ》り向くと、そこにはよく見知った組み合わせが立っていた。

「おはようございます。レンヴィルド様、カディオ様。今日はずいぶんお早いですね」

金髪《きんぱつ》と、王家にのみ顕《あらわ》れる鮮《あざ》やかな緑の瞳。

穏《おだ》やかな美貌《びぼう》の王弟《おうてい》レンヴィルドは、初めて会った頃よりどことなく大人びた顔に、困惑《こんわく》を浮かべている。

「おはよう、ローザリア嬢《じょう》。それより、後ろから見ているとまるで不審人物のようだったけれど、早朝からどうしたんだい？」

会って早々に皮肉をぶつけられるのも、もはや慣れたものだ。

普段《ふだん》ならばこの峻厳《しゅんげん》な冬にも負けない冷笑《れいしょう》を浮かべてみせるところだが、ローザリアはあえて弱々しい表情を作った。

「冬の石畳とは、靴を履《は》いていてさえこれほど冷たいのかと、驚《おどろ》いておりました。……初めてだったものですから」

「ローザリア嬢……」

儚《はかな》い風情《ふぜい》に、途端《とたん》レンヴィルドは戸惑《とまど》い始める。

根が優《やさ》しいので良心をつつかれると弱いのだ。

「レンヴィルド様。あまり人が好《よ》すぎるのも、隙《すき》ととられますわよ？」

ローザリアが白い息をくゆらせながらあからさまに嘆息《たんそく》すると、彼は目を見開いた。

「……演技だったのかい？」

「お心遣《こころづか》い痛み入りますわ、殿下《でんか》。セルトフェル邸《てい》の敷地《しきち》内に石畳など存在しないと、本気で憐《あわ》れんでくださったようで」

痛烈《つうれつ》な嫌《いや》みに邪気《じゃき》だらけの笑みを添《そ》える。

するとレンヴィルドは、疲《つか》れたように肩《かた》を落とした。

心底呆《あき》れていると見せかけて本気で安堵《あんど》もしているから、こうして彼は悪い人間に翻弄《ほんろう》されてしまうのだろう。

「あなたの冗談《じょうだん》は悪質だね……」

「先に嫌みをおっしゃったのはどちらかしら？」

気が置けないやり取りを遮《さえぎ》ったのは、情けないカディオの声だった。

「お二人共、寒いですしこんな場所で言い合いはやめましょうよ……」

燃えるような赤毛に金色の瞳《ひとみ》という暖かな色彩《しきさい》の騎士《きし》は、冷気にぶるりと体を震わせる。どうやら寒さが苦手らしい。

彼はローザリアと目が合うと、ふと頬《ほお》を緩《ゆる》めて続けた。

「でも、ローザリア様を『極悪令嬢《ごくあくれいじょう》』と呼んでる人達って、絶対損してますよね。偏見《へんけん》を捨ててみれば、あなたがこんなふうに冗談を言うほど明るくて面白《おもしろ》い方だって分かるのに」

「あ、明るくて、面白い……」

自分への評価として、今まで一度も耳にしたことのない単語。

これを素《す》で言うのだから質《たち》が悪い。柔《やわ》らかな笑顔と相まって狼狽《うろた》えずにいられなかった。

——この人はまた不意打ちで……。

悪評に事欠かないローザリアを、当たり前のように普通の女の子として扱《あつか》ってくれる。噂に耳を貸さずありのままを受け入れてくれるから、彼の前では『極悪令嬢』として振る舞《ま》えなくなってしまうのだ。

動揺《どうよう》するローザリアを見てレンヴィルドが忍び笑うけれど、余裕《よゆう》がなさすぎて皮肉を返すこともできそうになかった。

「そうだね、カディオ。確かに彼女は明るく面白い、素晴《すば》らしい女性だよね」

「えっと、あれ？　俺、変なこと言いましたか？」

「いいや。さぁ、そろそろ行こうか」

レンヴィルドが、きょとんとするカディオを促《うなが》し歩き出す。

ローザリアは羞恥心《しゅうちしん》を静めるように、深々と息を吐《は》き出した。

腹立たしいし心が乱れもするけれど、三人でいると不思議と寒さが気にならない。

ふわりと温《ぬく》もりを得たような心地《ここち》で、ローザリアは彼らのあとを追うのだった。

その日の放課後。ローザリアは談話室を訪《おとず》れていた。

お茶会などの予定が入っていなくても、最近はこうして自然と足が向く。

直行直帰が基本だった以前に比べると、それは格段の変化だった。

談話室にはまず大きな広間があり、その奥の通路を進むと大小様々な個室に繋《つな》がっている。広間は誰《だれ》でも出入り自由。個室は許可さえ得れば、お茶会をしたりじっくり読書に耽《ふけ》ったりと様々な利用ができる。

ローザリアが入り口に立つと、広間で思い思いに過ごしていた生徒がざわついた。

動向を見張られるのはいつものことなので、特に気にしない。いつまで経《た》っても化け物扱いをされているだけだ。

——あら？　ここは女性として、もっと気にした方がいいのかしら……。

この可愛《かわい》いげのなさが恐《おそ》れられている原因ならば、少しは弱さや親しみやすさを演じてみてもいいかもしれない。

どこまでも可愛いげから程遠《ほどとお》いことを考えていると、目の前に立ちはだかる者がいた。

「ここに一体何の用だ？　今日は特に予定はなかったはずだが？」

偉《えら》そうにしているのは、鳶色《とびいろ》の髪《かみ》に同色の瞳の少年、ジラルド・アルバだった。

居丈高《いたけだか》に腕《うで》を組んでいるものの、まだ全体的に細身なため威圧感《いあつかん》が足りていない。

「あらごきげんよう、ジラルド様。あなたこそなぜこちらに？」

あくまで笑顔《えがお》で問い返すと、一つ年下の少年は目に見えて狼狽えた。

「ぼ、僕はここにある、卒業生が残していかれた貴重な日誌や書籍《しょせき》に目を通そうと思ったまでだ！　決してお前のように寂《さび》しいからではないぞ！」

「あら、わたくし寂しいだなんて一言も申しておりませんけれど？」

「うぬぅ……！」

どうやら彼も寂しさと暇《ひま》を持て余して談話室にやって来た口らしい。

相変わらず分かりやすく赤面するジラルドに、ローザリアは嘲《あざけ》りでない笑みを浮《う》かべた。

周囲は化け物扱いだというのに、よく真正面から立ち向かう気になる。

吠《ほ》えられ何かと噛《か》み付かれながらも彼に好感を抱《いだ》くのは、その真っ直《す》ぐな性根《しょうね》が眩《まぶ》しく感じられるからかもしれない。

とはいえ、この論争はローザリア側とて間違《まちが》いなく図星なのだから、これ以上は泥沼化《どろぬまか》する恐れがある。

ぼっち属性が強く、誇《ほこ》り高さゆえ周囲におもねることもできない。人付き合いがうまくない自覚があるからこそ、いかにもそれらしくて笑えなかった。

ローザリアはすぐに話題を変える。

「ところでジラルド様。ご予定がおありでないのなら、ご一緒《いっしょ》いたしませんか？　さすがに二人きりにはなれないので、こちらの広間で紅茶をいただくことになりますけれど」

「だから僕は貴重な資料に目を通す必要が……まぁ、付き合ってやってもいいが」

「ありがとうございます」

ローザリアに向けられる好奇《こうき》の眼差《まなざ》しにジラルドまで巻き込み、煩《わずら》わしい思いをさせるわけにはいかない。二人はなるべくひと気の少ない場所を探し、さらに奥へと進んだ。

日当たりの悪い北側は、暖炉《だんろ》からも遠いため閑散《かんさん》としている。さすがに視線を遮ることはできないけれど声が届く心配はないだろう。

そうして腰《こし》を落ち着けかけたところで、またも思いがけない人物に行き合った。

「レンヴィルド様？」

分厚い書類の束に埋《う》もれているのは、間違いなくレンヴィルドだった。

カディオは休憩《きゅうけい》中なのか、警護をしているのは寡黙《かもく》なイーライだけだ。

「レンヴィルド様、どうしてこちらに？」

「奥の個室を借りようとしたのだけれど、今日は生憎《あいにく》満室だったのでね。寮《りょう》に戻《もど》るのも億劫《おっくう》だから、ひと気の少ないこの一角ならばと」

「まぁ、そうでしたの。わたくしとしたことが危《あや》うく、ジラルド様と同じく寂しかったからではと誤解してしまうところでしたわ」

「おいっ！　殿下に失礼だし、何より僕を巻き込んでの嫌みはやめろ！」

保身にわめく子犬とは異なり、レンヴィルドは素直《すなお》に頷《うなず》いた。

「寂しくないと言えば嘘《うそ》になるかな。書類仕事をしている時といえば、いつもあなた達が周りにいたからね。一人黙々《もくもく》とこなすのも、何だか物足りなくなってしまった」

「……………」

あっさり認められてしまうと、先ほどまで醜《みにく》い意地の張り合いを繰《く》り広げていた両者としては一歩先んじられたようで気に食わない。

まるで人間性の違いを見せ付けられているようではないか。

「素敵《すてき》ですこと。レンヴィルド様におかれましては、ずいぶん余裕がおありになるようで」

「さすが殿下でいらっしゃる」

「……本心を言ったまでなのに、なぜ私は皮肉をぶつけられているのかな？」

おそれ多いとどこか遠慮《えんりょ》ぎみだったジラルドにまで攻撃《こうげき》され、レンヴィルドの優雅《ゆうが》な笑みが引きつっている。

そこに、明るく弾《はず》んだ声が響《ひび》いた。

「あ、ローザリアさん！　それにレンヴィルド様、ジラルド君も！」

駆《か》け出しそうになるのをアレイシスに止められているのは、ルーティエだった。

「まぁ、続々と集まっておりますわね」

ローザリアは思わず苦笑《くしょう》をこぼした。

どうやら考えることはみんな同じらしい。

こうなってくると、フォルセだけがいないことに違和感《いわかん》がある。

選挙を前に執行部《しっこうぶ》は忙《いそが》しいのだと、書記を務める本人から聞いてはいるけれど。

「確かアレイシスは、来期の会計候補だったかしら？」

「あ？　何だよいきなり。まぁそうだけど」

ようやく追い付いてきた義弟《おとうと》に問いかけると、首肯《しゅこう》が返ってきた。

「そんで慣例で言えば王族が会長になるもんなんだけど、殿下《でんか》は現職を差し置いて先頭に立つことをよしとしていない。このままいけば現書記のフォルセ義兄上《あにうえ》……じゃなかった、フォルセ先輩《せんぱい》が副会長。現会計のデュラリオン先輩が会長になるところ、なんだけど」

続けながら、アレイシスの視線がチラリとレンヴィルドの方へと向けられた。

「そのデュラリオン先輩自身が、どうにか殿下を会長に押し上げたいみたいで」

「それであぁして、日々書類にまみれているのね」

機密事項《じこう》もあるため人目に触《ふ》れる場所で王宮から届く書類は広げないだろうと思っていたが、案の定執行部に押し付けられた雑務らしい。

――最近、本当に多いわね……。

思考に沈《しず》もうとするローザリアを引き止めるように、ルーティエがストロベリーブロンドを揺《ゆ》らしながら目の前に現れた。

「ここなら誰にも聞かれないし、普通《ふつう》に話してもいいよね。ねぇローザリアさん、前に話したドルーヴってとこ、早速《さっそく》今週のお休みに行こうよ！」

先日の約束を、とても楽しみにしているらしい。

期待に輝《かがや》く翡《ひ》翠色《すいいろ》の瞳《ひとみ》を見ていればローザリアまで嬉《うれ》しくなるけれど、早急に調べなければならないことがある。

「お誘《さそ》いありがとうございます。けれど、週末にはどうしても外せない用事があるの。また、次のお休みに行きましょう？」

断りの文句を口にすると、どこから聞いていたのかレンヴィルドが問いかけてきた。

「外せない用事って、家の関係かい？」

「いいえ。労役所《ろうえき》に行くつもりなのです」

「労役所に、わざわざ？　最近はあまり頻繁《ひんぱん》に行っていなかったように思うけれど」

そう。ローザリアが直接労役所に赴《おもむ》くのは実に久々だった。

ゴロツキ達への労役は、シャンタン国の建築様式を学び、土壁《つちかべ》を作る確かな技術をものにすること。その指導はローザリアに任されていた。

けれど実際に指導したのは、ほんの数回程度。

ローザリアは技術やノウハウを知らないため、既《すで》に教えられることがなくなっていたのだ。

「久しぶりに彼らの様子を見ておきたいのと、直接会って訊《き》きたいことがございまして」

「訊きたいこと？」

「ええ、その……」

深夜に入港した船の話といい、友人とはいえ気軽に共有できない情報は多い。

けれどローザリアは逡巡《しゅんじゅん》のち、ミリアから報告のあった不審者《ふしん》の存在を話すことにした。

レンヴィルドがその事実を把握《はあく》しているのか、反応を確かめるためでもある。

彼は話を聞いていく内に、どんどん深刻な顔付きに変化していった。

「それは、私も同行して構わないかな？」

「構いませんけれど……」

「えっ、それなら私も行きたい！」

横から割り込んできたのはルーティエだった。

アレイシスとジラルドが慌《あわ》てた様子で咎《とが》める。

「駄目《だめ》だ！　軽犯罪者とはいえ荒《あら》くれ者の集まりなんだぞ。そんなところに行かせられない」

「そうです！　ルーティエ先輩のようなか弱い女性の行くところではありません！」

「……」

か弱い女性でないなら自分は何なのか、というローザリアの不満に気付かず必死に反対する二人を、ルーティエが恨《うら》めしげに睨《にら》んだ。

「だって、それでも行きたいもん……駄目？」

「うっ……」

彼女が睨んでみたところで全く迫力《はくりょく》はなく、むしろ潤《うる》んだ瞳での上目《うわめ》遣《づか》いは彼らから毅然《きぜん》とした態度を取り払《はら》った。

「その、危険だけど、まぁ、俺達がいれば……」

「ルーティエ先輩がどうしてもと言うのなら……」

「──許可はできません」

狼狽《うろた》えるばかりの駄目男達に代わり、厳しい声を発したのはローザリアだ。

「あなたやわたくしを襲《おそ》った者もいるのよ。あんなに震《ふる》えていたことを、もう忘れてしまったの？　わざわざ恐《おそ》ろしい思いをする必要はないわ」

「でも、怖《こわ》い思いをしたのはローザリアさんも一緒でしょ？」

彼女がなおも食い下がろうとしたので、ローザリアはアイスブルーの瞳に力を込めた。

「あなたがもし、過去の恐怖《きょうふ》を乗《こ》り越えるためにどうしても彼らと向き合いたいと言うのならお止めしません。けれどただの好奇心《こうきしん》から軽率《けいそつ》な発言をしているのだとしたら、あなたが僅《わず》かにも成長していないことに、わたくしは失望いたします」

鋭《するど》い刃《やいば》で切り付けるような言葉に、全員が黙《だま》り込んだ。

ルーティエはサッと青ざめ、強《こわ》ばった唇《くちびる》を懸命《けんめい》に動かしながら謝罪する。

「すみませんでした……」

「お、おい。何もそこまで責めることはないだろう？」

小刻みに震える彼女をジラルドが庇《かば》った。

彼も常にないローザリアの苛烈《かれつ》さに、どこか困惑《こんわく》した表情だ。

ローザリアは揺らぐことなく、アレイシスとジラルドに視線を移した。

「ジラルド様にアレイシス、あなた方にも問題はあるわ。学園に馴染《なじ》む努力をする彼女を、助けていくと決めたのではなくて？　甘やかすだけが優《やさ》しさではないのよ」

痛いところを衝《つ》かれたようで、彼らは揃《そろ》って気まずげに目を伏《ふ》せた。

ギクシャクとした空気が流れる中、沈黙《ちんもく》を破ったのはレンヴィルドだった。

「……ローザリア嬢《じょう》の言葉は正しすぎて、時に冷たく感じるものだね」

穏《おだ》やかな彼の声は、凍《こお》った空気を溶《と》かしていくようだった。ルーティエもアレイシスも、無意識に強ばっていた肩《かた》から力を抜《ぬ》く。

ローザリアはあくまで毅然と答えた。

「わたくしは事実を述べたまでですが」

「それは表面的な理由だろう？　本当はあなたも、ルーティエ嬢を心配しているだけなのに」

いたずらっぽく笑いかけられ、ばつが悪くなる。

何も全員がいる前で明かさなくてもいいのに、本当にいい性格をしている。

「……え？　本当に？」

ルーティエが、限界まで涙《なみだ》の溜《た》まった瞳でローザリアを見つめる。

認めるのは気恥《きは》ずかしかったけれど、不安に曇《くも》る顔にこれ以上耐《た》えきれなくて、つい優しい言葉を探してしまう。

結局、駄目な彼らと変わらないのだ。

「……あなたが傷付くところは、見たくないの」

途端《とたん》、彼女の顔がくしゃりと歪《ゆが》んだ。

「よかった……私、嫌《きら》われちゃったと思って」

「この程度のことで嫌いになっていたら、とっくに愛想《あいそう》を尽《つ》かしておりますわ」

「ひどい！」

嫌《いや》みを言うと、こぼれかけていたルーティエの涙はすぐに引っ込んだ。

天真爛漫《てんしんらんまん》な彼女にはやはり笑顔《えがお》が似合う。

礼を込めてレンヴィルドを見つめると、彼は何てことなさそうに肩をすくめる。

こういうところは本当に敵《かな》わない。

ローザリアはほんの少しの悔《くや》しさと、どこかくすぐったいような温かい気持ちを噛《か》み締《し》めながら頬《ほお》を緩《ゆる》めた。


結局、レンヴィルドのみが同行することとなった労役所行き、その当日。

朝からひどく冷え込んでいたので、ローザリアの防寒は完璧《かんぺき》だった。

厚地織りのドレスの下には毛織りのタイツ、天鵞絨《ビロード》の帽子《ぼうし》と合わせた黒のケープもなめらかなファーで温かい。

　労役所は王都の郊外《こうがい》にある。

　ローザリアは、ミリアとグレディオールと共に馬車に揺られていた。

　レンヴィルドとは別行動、労役所の前で落ち合う予定になっている。週末は大抵《たいてい》彼が王宮に帰省しているためだ。

　馬車がゆっくりと停止し、ステップを下りる。

　労役所は王都の北に広がる森に隣接《りんせつ》しており、昼だというのに薄暗《うすぐら》い。

　堅固《けんご》な建物は高い壁《かべ》にぐるりと囲われ、その上には逃亡《とうぼう》防止の有刺《ゆうし》鉄線《てっせん》がおどろおどろしく張り巡《めぐ》らされていた。

　近くにカラスの巣でもあるのか、黒い鳥が群れをなしている。訪《おとず》れるのは初めてではないのに、どうにも陰鬱《いんうつ》な雰囲《ふんい》気《き》が拭《ぬぐ》えなかった。

「わたくしは十五年間、ずいぶん環境《かんきょう》のいい牢獄《ろうごく》で過ごせていたのね」

「そういう皮肉は本気で笑えませんから」

　感慨《かんがい》深く呟《つぶや》くも、ミリアに窘《たしな》められてしまった。

「ローズ様、レンヴィルド殿下《でんか》が既にご到着《とうちゃく》になっているようです」

　彼女に従い、見張りが立つ門前へと向かう。

　そこには待ち合わせ相手であるレンヴィルドと、護衛のカディオが立っている。

そして、彼らの後ろに隠《かく》れるようにして立つ少年に気付き、ローザリアは絶句した。レンヴィルドの胸元《むなもと》に届かないほどの身長に、子ども特有の華奢《きゃしゃ》な体つき。利発そうな顔立ちはどこか彼と似通っている。

黄みの強い金髪《きんぱつ》は長く、後ろできっちりと結ばれていた。そして何より特筆すべきは――王家特有の澄《す》んだ緑眼。

「初めまして。ヘイシュベル・フロイス・レスティリアと申します。叔父《おじ》上《うえ》が労役《ろうえき》所に行かれるということで、我が儘《まま》をおして同行させていただきました。よく見て、よく聞いて、たくさんのことを学びたいと思っております。ご迷惑《めいわく》にならないよう努めますので、本日はどうぞよろしくお願いいたします」

十二歳という年のわりに、しっかりとした挨拶《あいさつ》。

ヘイシュベル・フロイス・レスティリア。レンヴィルドの甥《おい》にあたる第一王子、順当にいけば――次期国王陛下。

とんでもない大物の登場に半ば呆然《ぼうぜん》としていたが、上位の者に話しかけられているのに何も返さないわけにはいかない。

ローザリアは動揺《どうよう》を完璧に隠すと、流れるような所作でお辞儀《じぎ》をした。

「お初にお目にかかります、ローザリア・セルトフェルと申します。ヘイシュベル殿下にお会いできて光栄ですわ」

微笑《ほほえ》みに、彼は丸みを帯びた頬を赤くさせた。

「こちらこそ、叔父上から話を聞いてずっとお会いしたいと思ってました！　城下街に関するローザリア様の政策、本当に素晴《すば》らしかったです！　それにこれほどお美しい方だなんて！」

「まぁ……」

キラキラと尊敬に輝《かがや》く眼差《まなざ》しを向けられ、ローザリアは少なからず困惑した。

情報でのみ知っていた第一王子は、権謀《けんぼう》術数渦《うず》巻《ま》く王宮育ちとは思えないほど純粋《じゅんすい》で真っ直《す》ぐな少年らしい。

「……まだローザリア嬢の表面しか見えていないのだから、ある意味幸せかもしれないね」

二人のやり取りを見守っていたレンヴィルドがボソリと呟く。

「レンヴィルド様、どういう意味でしょうか？」

「くれぐれもヘイシュベルの憧《あこが》れを打ち砕《くだ》かないでほしいと言ったまでだよ」

いつもの皮肉の応酬《おうしゅう》だが、声に若干《じゃっかん》本音が混じって聞こえる。レンヴィルドは、甥を大切に思っているのだろう。

「突然《とつぜん》甥を連れてきてしまって、迷惑をかけるね。真面目《まじめ》で勉強熱心なのはいいことなのだけれど、せっかくの休日を労役所で過ごそうなんて少々変わった子なんだ」

「あら、それはわたくしに対する皮肉も含《ふく》まれております？　お忙《いそが》しい殿下方のお手を煩《わずら》わせてしまい、大変申し訳ございませんわ」

「ハハハ。構わないよ、ある意味気分転換《てんかん》になる」

「ウフフ。今は執行部《しっこうぶ》のお仕事まで任されて、とても大変ですものね」

胡散臭《うさんくさ》く笑い合うと、傍観《ぼうかん》していたカディオがブルリと背筋を震《ふる》わせた。

軽い挨拶も済んだので、建物内へと向かう。

労役所は国の管轄《かんかつ》にあるため、レンヴィルドとヘイシュベルがいるだけで面倒《めんどう》な手続きに煩わされず通してもらえた。

仲のよい兄弟にしか見えない王族達を前方に、カディオと並んで歩く。

「彼ら、叔父と甥というより、兄弟みたいですよね。年齢《ねんれい》も近いし、造作もよく似てる」

金色の瞳《ひとみ》を細めながらカディオが呟く。

近衛騎士《このえきし》団の精鋭《せいえい》であるはずなのに、無邪気《むじゃき》な表情は大型犬を彷彿《ほうふつ》とさせる。

こっそり笑みをこぼしながら、ローザリアも同意を示した。

「ええ、本当に。王宮でも、お二人はさぞ仲睦《なかむつ》まじいのでしょうね」

「そうですね。昨日も、夕食を一緒《いっしょ》に食べてました。ヘイシュベル殿下は、一生懸命《いっしょうけんめい》その日に学んだことを話したりして」

カディオの口振《くちぶ》りから王宮に随行《ずいこう》していたことを察したローザリアは、彼は帰省をするのかふと気になった。

王宮内に騎士寮《りょう》が存在することは知っている。

四六時中王族を警護する近衛騎士団に所属していれば寮住まいも当然だろう。とはいえ、何年も実家に顔を出さない者は稀《まれ》に思える。

一方彼は、転生者だ。

社交界に浮《う》き名を流していた『カディオ・グラント』とは異なる人格が肉体に宿っている。別の世界で生きていたところ事故に遭《あ》い、目覚めた時にはなぜか『カディオ・グラント』になっていたと本人から打ち明けられていた。

天然で甘い言葉を垂れ流す質《たち》の悪さはあるけれど、ただれた噂《うわさ》はパタリと途《と》絶《だ》え今や大型犬のような風情《ふぜい》となっているため、信憑性《しんぴょうせい》は高いと思っている。

同じく転生者であるというルーティエは、これを『憑依系《ひょうい》転生』と称《しょう》していた。

転生以前の『ルーティエ』の記憶《きおく》がないため、家族や友人との接し方に彼女も苦労したという。違和感《いわかん》を抱《いだ》いた友人は気味悪がって離《はな》れていったりもしたとか。

――とはいえルーティエさんは、既《すで》に転生して数年。こちらにもすっかり馴《な》染《じ》んでいるわ。

比べて、転生してまだ日の浅いカディオはどうだろうか。

彼はグラント男爵家《だんしゃく》でどのように振《ふ》る舞《ま》っているのだろう。本当に別人格であるなら、家族との付き合い方など一切《いっさい》記憶にないはずだ。

――他人の家庭の事情に、踏《ふ》み込むのはよくないかもしれないけれど……。

「ローザリア様、どうかしましたか？」

心配そうに顔を覗《のぞ》き込まれ、ローザリアは目を瞬《またた》かせた。

ミリアやグレディオールが相手ならばまだしも、他人といてここまで気を抜《ぬ》くなんて今までの自分からは考えられないことだ。

「すみません。会話の途中《とちゅう》で考えごとなんて、わたくし失礼なことを……」

カディオは柔《やわ》らかく首を振ると、どこまでも朗《ほが》らかに破顔した。

「いいえ。不思議なんですが、あなたとなら沈黙《ちんもく》も全く気にならないので」

「──」

不意打ちに、思わず足が止まった。

ルーティエといい彼といい、純粋な好意を惜《お》しみなく与《あた》えてくれる人種に、ローザリアはとことん弱いらしい。

真顔を保つのに精いっぱいで、頰が赤くなっていないか心配になる。

第一王子との突然の邂逅《かいこう》にも平静を貫《つらぬ》くことができたのに、これでは全く様にならない。

内心羞恥《しゅうち》にのたうち回っていると、いつの間にか足音が止《や》んでいることに気付いた。

レンヴィルドとヘイシュベルと目が合う。

何とも言えない生温《なまぬる》い目付きの友人と、曇《くも》りなき瞳に純粋な疑問を浮かべる少年。

「叔父上。ローザリア様とカディオ様は、そういうご関係なのでしょうか？」

「さぁ、私の口からは何とも」

交《か》わされる恥《は》ずかしすぎる会話を丸ごと聞かなかったことにして、ローザリアはそそくさと彼らを追い抜いた。

聞き続けていたらきっと心がへし折れる。

――わたくしは外の世界を知って、強くなったのかしら？　弱くなったのかしら？

以前から、たびたび考えることがあった。

セルトフェル邸《てい》で過ごす代わり映《ば》えのない日々は、単調だけれど平穏《へいおん》そのものだった。

愛《いと》おしくも退屈《たいくつ》な毎日。それは、ローザリアの心に鋼《はがね》の強さをもたらした。

外の世界は、真新しいもので溢《あふ》れている。

楽しいことばかりでなく悪意にさらされる場合もままあるけれど、ローザリアの強い精神はそれすら楽しんでいる節があった。

なのに、カディオといるとなぜこうも心が揺《ゆ》れるのか。

思えば彼に対しては、初めて会った時からそんなことばかりだった気がする。

――これは、弱さなのかしら。

カディオの屈託《くったく》のない笑顔《えがお》が、不意打ちの言葉が、頭の中をグルグルと駆《か》け巡《めぐ》っている。

「ローザリア様？　あまりお一人で先に行かれると危ないですよ？　せめてグレディオール殿《どの》をお連れになった方が――……」

彼ののんきな忠告が追いかけてくる。

ローザリアは鼓動《こどう》の速さに気付かれまいと、振り切るようにして歩く速度を上げた。

そのままゴロツキ達が収容されている牢《ろう》にたどり着けば、住人達は様々な反応を見せた。

ほとんどはローザリアに……というよりその背後に控《ひか》えるグレディオールに、畏怖《いふ》の視線を向けている。

当然だ。彼らは以前、従者の恐《おそ》るべき力を見せ付けられている。

よく見れば端整《たんせい》な顔立ちをしているけれど、なぜかぼやけた印象の青年。多くを語らず主人の側《そば》に控え続ける従者。

その正体は、レスティリア王国の礎《いしずえ》になっていると言われる、伝説のドラゴンなのだ。

ゴロツキ達には『とても強い従者』とごり押しの説明を貫き通しているが、ドラゴンの力を目《ま》の当たりにしたからには恐れおののくのが人間の本能というものだろう。

「ごきげんよう、皆《みな》さま」

シルバーブロンドを背中へと流しながら、ローザリアが進み出る。

すっかり恐怖《きょうふ》を植え付けられたゴロツキのリーダー格、ジャコブがその分後退した。

「久しぶりだというのに、その反応ですか」

「そういう態度を取らざるを得ないようにしたのは、どこのどいつだよ」

「誘拐未遂《ゆうかいみすい》という大それた事件を起こした、ご自分達の責任ではないかしら？」

「――そんな大罪人に、どうか断罪の鉄槌《てっつい》を！」

嫌《いや》みの応酬をにこやかに交わしていると、勢いよく割り込んでくる者がいた。

「あぁお嬢《じょう》さん、会いたかった！　ずっとあなたが待ち遠しかった！」

がたいのよさと風貌《ふうぼう》の恐ろしさからは考えられないほどキラキラした眼差《まなざ》しを向けられ、ローザリアはつい後退《あとずさ》ってしまう。

「あなたも相変わらずね、ザルグ……」

「お、お嬢さんが俺の名前を覚えててくれた！　これで美しいおみ足が檻《おり》なんかものともせずに踏み付けてくれたら、俺は今日死んでもいい！」

熱苦しく迫《せま》ってくる丸刈《まるが》りには、ローザリアですら圧を感じる。

けれど何より恐ろしいのは、ピタリと背中に張り付いている従者の存在だった。

他《ほか》のゴロツキ達もグレディオールから発せられるただならぬ殺気に気付いたようだ。鉄格子《てつごうし》を摑《つか》むザルグを必死に引き剝《は》がしにかかっている。

「やべぇ！　さっさとこいつ黙《だま》らせろ！」

「馬鹿《ばか》か！　このままじゃお前、本当に人生強制終了《しゅうりょう》だぞ！」

「何でこいつこんなに空気読めねぇの⁉」

「駄目《だめ》だ鉄の檻に守られてるはずなのに、なぜか危険な予感しかしねぇ！」

「てめぇら放せ！　俺はもう目覚めちまったんだよ！　誰《だれ》にも止められねぇんだー！」

なぜかザルグは初対面の頃《ころ》から、やけにローザリアに心酔《しんすい》していた。グレディオールの迫力などものともせず、ただ一心にこちらを見つめている。

ローザリアは虚《うつ》ろな表情になった。

「あなたが何に目覚めたかなんて知りたくもないけれど、そろそろ本当に消されるわよ」

「どうせ消えるなら俺はお嬢さんに消されたい！」

背後の怒気《どき》がさらに膨《ふく》れ上がるのを感じながら、ローザリアは乾《かわ》いた笑みを漏《も》らした。

「……殿下方《でんかがた》。お見苦しいものをお見せして、大変失礼いたしました」

「いいや。労役《ろうえき》所での食事や衛生面、人道的な扱《あつか》いが徹底《てってい》されていると分かったのだから、こちらとしても助かったよ」

確かに今の彼らは、労役所に入る前と大差ない。

土壁《つちかべ》の技術修得以外にも労働を科せられているはずだが、むしろ栄養状態がよくなっているようにすら見えた。

ジャコブはレングヴィルド相手でも態度を変えることなく、億劫《おっくう》そうに欠伸《あくび》を嚙《か》み殺した。

「俺らは今までろくに働いてなかったし、適当に生きてたからな。ここでは規則正しい生活が徹底されるし、労働時間もきっちり守られてる。貧民街にいるよりずっと過ごしやすくて、ありがたいくらいだぜ。こうしてお嬢さんも何かと気にかけてくれるし」

「労役所の方が暮らしやすいだなんて、我々の立場としては身につまされる意見だけれどね」

苦いため息をつくレングヴィルドを、ヘイシュベルが神妙《しんみょう》な表情で見上げた。

「彼らは貧民街の出身ゆえに、今まで苦労をしてきたのですね……」

「そうだね。犯罪者の中には、やむにやまれぬ事情がある者もいるということさ」

「なるほど、実際現場に行かねば分からないことがあるのですね！」

微笑《ほほえ》ましいやり取りではあるものの、ゴロツキ達は白けた顔になった。

「おいあんたら、俺らを社会見学のだしにすんなよ。不愉快《ふゆかい》だ」

ジャコブが吐《は》き捨てると、ヘイシュベルは恥じ入るように俯《うつむ》いた。

「す、すみません。配慮《はいりょ》が足りませんでした」

相手は明らかに高貴な身分であり、まして少女と見紛《みまが》うほど可憐《かれん》な容姿をした少年だ。

即座《そくざ》に謝られ気が削《そ》がれたのか罪悪感があったのか、ジャコブは後味悪そうに黙り込む。

ローザリアはドレスの裾《すそ》をさばくと、少年と目線を合わせるように腰《こし》を屈《かが》めた。

「恐れながら、殿下。あなたはいずれ国を統《す》べる尊き身なのですから、安易に頭を下げることは許されません。これがもし外交の場であったなら、他国の公使につけ入る隙《すき》を与えてしまうことになりかねません」

「すみません……」

「けれど、自らの非を認めることができるというのは、誇《ほこ》るべき長所です」

ヘイシュベルがおずおずと顔を上げる。

レンヴィルドより僅《わず》かに青みを帯びた瞳《ひとみ》は、まるで緑玉のように透《す》き通っていた。

「ご覧ください。彼らの目から明らかに敵意が失われておりますでしょう？　謙虚《けんきょ》な心を忘れなければ、それはきっとあなただけの武器となる。いずれ、民《たみ》の声に真摯《しんし》に耳を傾《かたむ》けることのできる、よき君主となるでしょう」

ローザリアが示した先で、ジャコブはばつが悪そうに鼻の頭を掻《か》いている。

頼《たよ》りなげに肩《かた》を縮めているヘイシュベルの心が少しでも解《ほぐ》れるように、ローザリアはいたずらっぽく片目をつむった。

「これも、立派な人心掌握《しょうあく》術の一つですわ」

「おいおい！　子どもに何つー物騒《ぶっそう》なこと教え込んでんだ、お嬢さん！」

ジャコブが間髪《かんはつ》を容《い》れずに怒鳴《どな》るが、あくまで笑顔のままかわしきった。

学習意欲《いよく》が旺盛《おうせい》な子どもに知恵《ちえ》を授《さず》けて、何の文句があるのか。

ヘイシュベルはなぜか、これまで以上の憧憬《どうけい》をローザリアに向けるようになっていた。

頰《ほお》を紅潮させ、興奮ぎみにこぶしを握《にぎ》っている。

「やはりローザリア様は、思い描《えが》いていた通りの素晴《すば》らしい方でした！　強さと知性、貴族としての品格、全《すべ》てが僕の理想です！」

「それは、何とも末恐《すえおそ》ろしい理想だね……」

「レンヴィルド様、どういう意味でしょうか？」

ローザリアの問いすら届かず、レンヴィルドは本心から苦悩《くのう》しているようだ。

「これまでのローザリア嬢の悪辣《あくらつ》ぶりを、今こそ説くべきなのか？　けれど夢を打ち砕《くだ》くのも可哀想《かわいそう》だし、かといってさらに強い憧《あこが》れへと昇華《しょうか》されれば目も当てられない……」

「ですからそれは、どういう意味でしょうか？」

甥《おい》の理想像に危機感を募《つの》らせているようだが、その失礼極《きわ》まりない悩《なや》みはローザリアに聞かせて大丈夫《だいじょうぶ》なものだろうか。

彼は思い詰《つ》めた表情のままヘイシュベルの両肩に手を置いた。

「確かに彼女の政治手腕《しゅわん》や豊富な知識には、目を見張るものがある。学ぶ点も多いだろう。とはいえヘイシュベル、どうかその優《やさ》しさだけは、決して失わないでほしいんだ」

「レンヴィルド様、そろそろわたくしあなたを、侮辱罪《ぶじょくざい》で訴《うった》えようかと思いますの」

さすがに無視され続けるのも業腹《ごうはら》だ。

その時、仲間達の拘束《こうそく》を無理やり振《ふ》りほどいたザルグがローザリアに迫った。

「お嬢さん、そのあり余る怒《いか》りをぜひ俺に！」

興奮のあまり周りが見えていないのか、鉄格子の隙間《すきま》から彼の太い腕《うで》が飛び出す。

まず咄嗟《とっさ》に思い至ったのは、己《おのれ》の従者を制御《せいぎょ》することだった。

グレディオールの力は強すぎる。

その上今の彼は気が立っていて、常よりも冷静さを欠いていた。相手を死なせないよう手加減できるか微妙《びみょう》なところだ。

グレディオールを視線で押し止《とど》め、固く目をつむる。

耐《た》えるより他何もできなかった。

「――っ！」

けれど、なかなか衝撃《しょうげき》は襲《おそ》ってこない。ローザリアは恐《おそ》る恐る顔を上げる。

「大丈夫ですか、ローザリア様？」

「は、はい……」

問いを発したのは、カディオだった。

ずっとレンヴィルドの側《そば》に控《ひか》えていたはずが、ザルグの太い腕を軽々と受け止めている。

カディオはそのまま大男の腕を折り畳《たた》むと、格子《こうし》の向こうへ押し返した。ゴロツキ達も想定外の剛腕《ごうわん》に目を白黒させている。

一瞬《いっしゅん》でその場を鎮《しず》めてみせた彼は、手柄《てがら》を誇ることなくレンヴィルドの方へと戻《もど》っていく。

「あの、カディオ様。助けていただき、ありがとうございます」

呆然《ぼうぜん》としていたローザリアだったが、何とかお礼を絞《しぼ》り出す。

カディオは歩みを止めることなく、柔《やわ》らかく瞳を細める仕草だけで応《こた》えた。そしてすうっと気配を消し、再び任務に戻っていく。

――す、凄《すさ》まじく格好いいのですけれど。危《あや》うく叫《さけ》ぶところでしたわ……。

鼓動《こどう》を高鳴らせるローザリアだったが、ジャコブのため息で我に返った。

「あー。悪かったな、うちの馬鹿が迷惑《めいわく》かけて。そんで、あんたら結局何しに来たんだよ？　俺らもうすぐ清掃《せいそう》活動に行かなきゃなんねぇし手短に頼《たの》むわ」

「あぁ……そうでしたわね」

カディオがさりげなく格好よすぎて、すっかり本来の目的を忘れかけていた。

ローザリアは不審《ふしん》者について、改めて詳細《しょうさい》な説明を求めた。

「あぁ、やっぱその件か。前にお嬢《じょう》さんとこの侍女《じじょ》さんに話したもんな」

ジャコブは得心しつつ話し出した。

「不審者は顔を隠《かく》してる時もあるらしいが、体格からおそらく男だろうって話だ。至るところに出没《しゅつぼつ》してるらしいが、頻繁《ひんぱん》に現れるのは貧民街だと。何が恐ろしいって、フラフラしてたかと思えば、なぜか壁《かべ》に話しかけてるんだとよ。聞き取れないような声でブツブツとな」

「まぁ……。それは、やはり面会にくる者から聞いた話なのね？」

「あぁ。だから俺も詳《くわ》しく知ってるわけじゃねぇ。けどよ、わざわざこんなところまで来て嘘《うそ》をつくってのも妙《みょう》だろ？」

傷付けられたり金品を奪《うば》われたりといった被害《ひがい》は一切《いっさい》出ていないが、とにかく目的が分からないため不気味ということらしい。

ジャコブが語る話には嘘がないように思えた。

同じく事情を聞いていたレングヴィルドも、表情を険しくしていた。

久しぶりにゴロツキ達との面会を済ませた翌日。

ローザリアは、学園ではただの学生に戻る。

一方レンヴィルドは、やはり書類仕事に忙殺《ぼうさつ》されているようだった。

「あなたという方は、またそんなにもくだらない雑用を引き受けて……」

放課後になっても片付かない書類の山に囲まれている王弟殿下《おうていでんか》を、ローザリアは冷めた目で見下ろしていた。

今日はいつもの面子《めんつ》でお茶会の予定だった。

ところが、レンヴィルドがいつまで経《た》っても姿を現さない。捜《さが》しに来てみれば予想を裏切らずこの有り様というわけだ。

「大方こんなことだろうと思っておりましたけれど。確か『押し付けられた仕事を予定までに終わらせるのができる男』と、おっしゃっていたかしら？」

「このまま押し切られるかたちで、来期の執行部《しっこうぶ》入りが決まりそうだよ」

「つまり自らの希望すら貫《つらぬ》けずじまい、と」

追い打ちをかけてしまったようで、レンヴィルドはガックリと机に倒《たお》れ込んだ。

王宮から舞《ま》い込む執務《しつむ》との兼《か》ね合いもあって執行部への勧誘《かんゆう》をずっと辞退していたというのに、お人好《ひとよ》しな彼は結局断りきれないらしい。

度重《たびかさ》なる増援要請《ぞうえんようせい》を毅然《きぜん》と拒否《きょひ》できなかった時点で自業自得《じごうじとく》だ。

「ヘイシュベル殿下には、決して見習わずに育ってほしいものですわ」

「こればかりは否定できないね……」

力なく同意を示す主《あるじ》を気遣《きづか》いながら、カディオが口を挟《はさ》んだ。

「だけど、デュラリオン様はなぜ殿下に仕事を押し付けるんでしょうね？」

デュラリオン・カラヴァリエ。

選挙が近付いてきたこの頃《ごろ》になり、よく聞くようになった名前だ。

ローザリアはまだ挨拶《あいさつ》を交《か》わしたことすらないけれど、次期会長に推《お》されるほど人望に厚い傑物《けつぶつ》というのは有名な話。

そのデュラリオン自身が、レンヴィルドを次の会長に据《す》えたいと考えているらしい。

「それはやはり、レンヴィルド様を会長に押し上げるための策略なのでは？」

現に引き受けざるを得ないところまで追い込まれてしまっているのだから、彼の作戦勝ちといったところか。

けれどカディオは納得《なっとく》しかねると首をひねった。

「だとしても、あまりに任せすぎな気がします。俺は貴族に疎《うと》いから的外れかもしれないですけど、伯爵家《はくしやく》の方なら殿下が政務に携《たずさ》わっていることくらい知っていそうなものですが」

転生前の彼は、平和な世界で一般《いっぱん》的な平民として生きていたらしい。貴族や身分制度について語る時はいつも自信なげだ。

だが、言われてみれば一理あるような気もする。

「確かに、まだ正式に会長就任が決まったわけでもないのに、過重労働を強《し》いられているように思えますわね」

おかげで最近はお茶会の誘《さそ》いも辞退されることが多く、ローザリアとしては非常に不満だ。

「レンヴィルド様。次のお休み、ルーティエさん達と例の複合型施設《しせつ》に行く約束、お忘れになってはおりませんよね？」

「もちろんだよ。私だってぜひ行ってみたいと思っているのだから、その日だけは必ず時間を空けておく。約束する」

仕事にかまけ家族との時間を削《けず》る父親が、むくれる娘《むすめ》のご機嫌《きげん》をとるような安請《やすう》け合い。

ぞんざいな扱《あつか》いに腹が立つけれど、彼自身も楽しみにしていると知れたローザリアは、書類仕事に戻っていくレンヴィルドを見下ろしながらこっそり笑《え》みをこぼした。

# 第２話　楽しい休日と穏《おだ》やかならざる雲行き

週末の空は、冬には珍《めずら》しく晴れ渡《わた》っていた。

澄《す》みきった空の青と太陽を見ているだけで不思議と気分が高揚《こうよう》する。

誰《だれ》もが同じような気持ちなのか、今日はいつも以上に街が賑《にぎ》わっている気がした。

暗い色調の服で埋《う》め尽《つ》くされている中央通り沿いの噴水《ふんすい》広場も、道行く人々の明るい表情が彩《いろど》りを添《そ》えているようだ。

以前は軒《のき》を連ねている屋台を巡《めぐ》り食事や買い物を楽しんだけれど、今回はここで待ち合わせをして複合型施設に向かう。

遅《おく》れてくる者がいれば見て回るくらいは楽しめたかもしれないが、多忙《たぼう》を極《きわ》めるレンヴィルドも時間通りにやって来た。

彼の護衛としてカディオとイーライがしっかり張り付いているが、あまり厳戒《げんかい》な警備態勢は敷《し》かれていない。

それは、レンヴィルドが『薔薇姫《ばらひめ》』にまつわる真実を知ったから。

ローザリアには『極悪令嬢《ごくあく》』の他《ほか》に、『薔薇姫』という異名がある。

時折セルトフェル侯爵家《こうしゃくけ》に生まれる女児にのみ与《あた》えられる、特別な呼称《こしょう》。

それは貴族間では広く知れ渡ったもので、侯爵家の祖先がドラゴンと何らかの契約《けいやく》をしたのが始まりといわれている。

血液がまるで薔薇のような芳香《ほうこう》を放つことから、『薔薇姫』。

そのあまりの芳《かぐわ》しさに、王国の礎《いしずえ》とされているドラゴンが目を覚ますという伝説があり、ローザリアは外出すら禁じられて十六歳まで育った。

けれどこの伝聞、ほとんどが事実無根。

何よりの証明がローザリアに仕えるグレディオールだった。

ドラゴンである彼が、人の世に交じって暮らしている。その事実を目の当《ま》たりにしたレンヴィルドは驚愕《きょうがく》したものの、『薔薇姫』の外出を以前にも増して推奨《すいしょう》するようになったのだ。

彼が王族として、何より一人の友人としてローザリアの自由を認めてくれることは、純粋《じゅんすい》に嬉《うれ》しかった。

「ごきげんよう、レンヴィルド様。無事執務を終えられたようで喜ばしい限りですわ」

「ごきげんよう、ローザリア嬢。あなたに喜んでいただけるのなら、こちらも頑張《がんば》った甲斐《かい》があるというものだ」

いつものように胡散臭《うさんくさ》い笑みで挨拶を交わすのも、感謝の表れだ。

そしてローザリアは、カディオと向き合った。

「ごきげんよう、カディオ様」

「こんにちは、ローザリア様。今日は雲一つない、いい天気ですね」

「えぇ。雪が降らなくて一安心です」

「……熟年夫婦《ふうふ》みたいな会話」

ほのぼのした会話を引き裂《さ》くように、レンヴィルドがボソッと呟《つぶや》く。

ピキリと青筋を立てるローザリアと異なる反応を見せたのは、カディオだった。

「ふっ、夫婦だなんて殿下、そんな……」

必死に首を振《ふ》る彼の瞳《ひとみ》は純情な乙女《おとめ》のように潤《うる》んでいる。

驚《おどろ》くべきはレンヴィルドの皮肉の斜《なな》め上をいく解釈《かいしゃく》か、彼の純情ぶりか。どちらにせよ、ローザリアの心はたちまち浄化《じょうか》された。

「嫌《いや》ですわ、カディオ様。わたくしまで恥《は》ずかしくなってしまいます」

「ああっ！　そうですよね、失礼しました！」

レンヴィルドの白い目などものともせず笑い合っていると、ルーティエと取り巻き軍団がぞろぞろとやって来た。

「こんにちは、ローザリアさん！　レンヴィルド様とカディオさんも！」

噴水広場を待ち合わせ場所としたのに、それより以前に落ち合っていたらしい。

ルーティエは平民だ。

馬車を持たない彼女を王都まで乗せてきたのだろうが、誰かと二人きりでは抜《ぬ》け駆《が》けの可能性があるため全員が同乗したといったところか。本当に分かりやすく張り合っているものだ。

「ごめんなさい。待たせちゃった？」

「いいえ。わたくし達も今到着《とうちゃく》したところよ」

申し訳なさそうなルーティエに、ローザリアは笑って首を振る。

出がけになってアレイシスらが揉《も》め出す光景が目に浮《う》かぶようだ。彼女に非はない。

「フフ、楽しみすぎて昨日はあんまり眠れなかったよ。もう『乙女《おとめ》ゲーム』なんて関係ないからローザリアさんの新しい婚約者《こんやく》もできないだろうし、きっとこれからいっぱい遊べるね」

「新しい婚約者？」

「ローザリア様の、ですか？」

なぜかローザリアだけでなく、後ろを歩くカディオまで反応する。互いが転生者であることを明かしていないため、ルーティエは『乙女ゲーム』という怪しい単語を慌《あわ》てて誤魔化《ごまか》した。

「た、たとえばの話ですよ！　貴族だからすぐ次の候補を見つけちゃうのかなって話で！」

気転の利《き》く彼女は、歩き出しながら即座に話を変える。

「それよりカディオさん、イーライさん。休日までお仕事させてしまってすみません」

ルーティエが頭を下げると、寡黙《かもく》なイーライは気にしなくていいと頷《うなず》いた。怪訝《けげん》そうだったカディオも何とか笑《え》みを浮《う》かべる。

「いえ。護衛の仕事は基本的に休みなんてないようなものですし、そもそも休日といっても大してすることはありませんから」

「そういえば、いつも休みなく働いてますもんね」

「殿下《でんか》を守るのが使命ですから、苦になりません」

ルーティエはふと立ち止まり、カディオを真っ直《す》ぐに見上げた。

「やっぱりそういうお仕事だと、実家に顔を出すのも難しいんですか？」

「えっと……」

純粋な疑問を湛《たた》える翡《ひ》翠《すい》の瞳に、カディオが少したじろいだ気がした。

ローザリアもグラント男爵家での彼の立場が気になっていたが、踏《ふ》み込めずにいた。

転生者であることを知っているからだ。

ルーティエはカディオの事情を知らないからこそ他意なく訊《き》けたのだろう。

「──実家といえば、ルーティエさんのご実家を訪ねたことはなかったわね」

「えぇ⁉　ローザリアさんが、うちに遊びに来てくれるの⁉」

ルーティエは、ローザリアの呟きにあっさりと食い付いた。

そのまま彼女は楽しそうに、実家のパン屋について話し始める。クッキーなど料理が上手なのは手伝いの賜物《たまもの》らしい。転生先での家族仲は良好なのだろう。

チラリとカディオに視線を送る。

顔色が悪いというほどではないけれど、その表情はどことなく硬《かた》い。

彼が前世を思い出してから、確かまだほんの一年足らず。

やはり『カディオ・グラント』として、どう家族と接しているのか気にかかった。

ドルーヴはかなり大きな施設らしく、小さな商店がひしめき合っている表通りではなく郊外《こうがい》寄りにあるらしい。

とはいえ十五分ほど歩けば到着する距離《きょり》なので、王都のほど近くに広大な土地を確保できたオーナーの財力には目を見張るものがある。

細い裏道に入ると、路面に布を敷いて商売をする者が見られるようになった。

扱《あつか》う商品も怪《あや》しげなものが多い。

干《ひ》からびた鶏《にわとり》の足、壊《こわ》れた人形や古びた宝石箱、何かの部品などが雑然と置かれている。

長針のない置き時計につい気を取られていると、そっと肩《かた》を叩《たた》かれた。

「ローザリア様、はぐれてしまいますよ」

優《やさ》しく微笑《ほほえ》むのはカディオだった。

裏通りとはいえ、ドルーヴに繋《つな》がっているためか交通量が多い。

確かに油断したらはぐれてしまいそうだ。

「ありがとうございます、カディオ様。レンヴィルド様の護衛ですのに、わたくしのことまで気にかけてくださって」

「いいえ。人を助けるのも騎士《きし》の務めですから」

カディオはそこで、フワリと相好を崩《くず》した。

「というより、ローザリア様に関することだと、騎士だとかそういうの抜きで勝手に体が動いてしまうんですよね」

赤い髪《かみ》を掻《か》きながら困ったように笑うから、ローザリアは狼狽《うろた》えてしまった。

何てことを平然と言うのか。天然なのか。

ローザリアは顔を俯《うつむ》けた。

「あれ、ローザリア様？　もしかしてどこか具合でも悪いんですか？」

カディオの見当違《けんとうちが》いな優しさも、今だけは聞こえないふりを許してほしい。

頬《ほお》が赤くなっていることに気付かれたくないのだ。

そうして意識を逸《そ》らしている内に、いつしか本格的にはぐれてしまっていた。雑踏《ざっとう》の中に目立つ集団は見付からない。

ローザリア達は、混雑ぶりを考えれば合流するのは難しいかもしれないと話し合い、ドルーヴで落ち合うのが無難だろうという結論に落ち着いた。

「すみません、カディオ様。わたくしが足を止めてしまったばかりに」

「気にしないでください。それより殿下方が心配してるかもしれませんし、行きましょうか」

歩き出すも、またすぐ足を止めることとなった。

前方に一人の少女が立ち塞《ふさ》がったのだ。

彼女は敵意を剝《む》き出しにして、こちらを——というかローザリアを睨《にら》んでいる。

まだ学園入学前だろう、小柄《こがら》で華奢《きゃしゃ》な少女だ。

時間をかけて整えられたと分かる栗色《くりいろ》のくせ毛と、印象的で大きな琥珀色《こはくいろ》の瞳。鼻の頭にはうっすらとそばかすが散っていて、それがきつい表情にかろうじて愛嬌《あいきょう》を添《そ》えている。

少女は開口一番、罵声《ばせい》を飛ばした。

「カディオ様の本命は、あなたじゃないんだから！」

「……はい？」

思わずカディオと顔を見合わせると、彼女はさらに火が付いたように怒《いか》りを露《あら》わにする。

「あなたもそりゃ綺麗《きれい》だけど、全然全く相手にされてないんだから！　カディオ様に遊ばれているだけだと分からないなんて、憐《あわ》れな人！」

必死に嫌みを言っているようだが、全く教養を感じられないため微塵《みじん》も刺《さ》さらない。

学園生ではないようなので名前を思い出すのに時間がかかったけれど、この年頃《としごろ》で厳しい教育を受けていない令嬢《れいじょう》など限られている。

「——あぁ。確かスーリエ家には、両親と年の離《はな》れた兄二人に甘やかされて育った末娘《すえむすめ》がいると聞いたことがあるわね」

「どういう覚え方よ、失礼ね！　当たってるけど！」

言い分から察するに、カディオの隣《となり》にローザリアがいる状況《じょうきょう》が気に食わないのだろう。たまたまレンヴィルド達とはぐれてしまっただけなのだが、確かに二人きりで出かけているように映るはずだ。

「カディオ様にはねぇ、綺麗なだけじゃなく格好よくて、凜《りん》とした方が似合うのよ！　あなたごときが邪魔《じゃま》をしないで！」

スーリエ家の令嬢は頬を紅潮させて怒鳴《どな》り続けているけれど、やはり迫力《はくりょく》に欠けた。毒舌《どくぜつ》や皮肉というのは、日々たゆまず磨《みが》き続けることで鋭《するど》くなるもの。そんなことすら知らない無知で純粋《じゅんすい》そうな少女に、見本くらい示してみてもいいだろう。

「……礼を失しているのはどちらの方かしら？　人に指を向けてはいけないとか、親しい間柄でもないのに突然《とつぜん》話しかけるのは不躾《ぶしつけ》だとか言いたいことはたくさんあるけれど、まず何よりしっかり名乗るのが礼儀《れいぎ》ではなくて？」

「な、何よ！　頭がいいことを自慢《じまん》したいのか知らないけど、嫌《いや》みな言い方しちゃって！」

真っ赤になってキャンキャン吠える姿は誰《だれ》かを彷彿《ほうふつ》とさせる。

分かりやすく小物《ほ》だ。

「それで何のご用かしら、お嬢さん？　まさかご自分こそがこの方の本命だと？」

「お、お嬢さん⁉　これでも私来年はデビュタントだし、学園に入学する年齢《ねんれい》ですけど⁉」

チラリと窺《うかが》うと、カディオはもはや蒼白《そうはく》だった。

それもそうだろう。過去の『カディオ・グラント』が、もしかしたらデビュタント前の幼い少女を口説いていたのかもしれないのだ。

しかも転生後の彼がどれだけ記憶《きおく》を探《さぐ》っても、真実など知りようがない。驚愕《きょうがく》を通り越《こ》してもはや恐怖《きょうふ》だろう。

レスティリア王国では、十五歳になる令嬢達が年始めに国王妃殿下《ひでんか》の下《もと》に集《つど》い、一斉《いっせい》に社交デビューする習わしがある。

初々《ういうい》しい少女達をエスコートするのは妃殿下が選び抜《ぬ》いた近衛《このえ》の精鋭《せいえい》達で、これをきっかけに騎士との繋がりを持つ令嬢も多い。

けれど目の前にいる少女は来年デビュタントだと言っているので、縁戚《えんせき》関係でない限り『カディオ・グラント』との接点はないはずだ。

いくら社交界で浮《う》き名を流してきた遊び人とはいえ、騎士らしくか弱い女性を守る一面もあったと聞く。あらゆる世代の女性から慕《した》われていたとも。

噂《うわさ》の登場人物が女性ばかりであることは気になるが、さすがに十四歳の少女は口説いていないだろう。と、信じたい。

気の強そうな少女は焦《あせ》りを見せながらも、つんと顎《あご》を反らした。

「わ、私が言いたいのはね、あなたなんかあの方に遠く及《およ》ばないってことなの！　あの方ほど素敵《すてき》な方はいないわ！　旦那《だんな》様が数年前に他界し、辛《つら》い境遇《きょうぐう》にもかかわらず遺《のこ》された領地を毅《き》然《ぜん》と守り続ける、とても素晴《すば》らしい方なんだから！」

「……なるほど。お相手は寡婦《かふ》というわけですか」

再びカディオを見遣《みや》ると、今度は顔を赤くして狼狽えていた。男という生きものはなぜこうも、背徳的な響《ひび》きを好むのか。

「相手が寡婦でよかったですわね、カディオ様。貴族の婚外恋愛《こんがいれんあい》は暗黙《あんもく》の了解《りょうかい》とされておりますので、まだ理解もできますわ」

「できれば理解しないでほしいです……」

ひんやり囁《ささや》くと、彼は情けなく肩を落とした。

とはいえ、身持ちの堅《かた》い未婚の令嬢に言い寄っていなかったようで本当に何よりだ。

彼女の怒りも嫉妬《しっと》に起因しているのでなく、思慕《しぼ》と憧《あこが》れを抱《いだ》く女性以外をカディオの隣から排除《はいじょ》しなければという使命感に近いものらしい。

ローザリアは改めて少女に向き直った。

「一連の暴言は、あなたが敬愛なさっている方からの差し金かしら？」

「そんなわけないじゃない！　あの方はどんなに悲しくたって、絶対弱音を吐《は》かないのよ！」

「ではあなたがなさっていることは、むしろその方の名誉《めいよ》を傷付けることとわきまえなさい」

反論をぴしゃりと撥《は》ねのけると、強気な少女はグッと押し黙《だま》った。

「自らを慕う者の気持ちを利用して、侯爵《こうしゃく》家の令嬢を罵倒《ばとう》させる。あなたの尊敬する方が、そのような軽挙妄動《けいきょもうどう》に出られる短慮《たんりょ》な人間だと勘違《かんちが》いされても仕方のない状況ですわよ」

ローザリアはことさらゆっくり少女に歩み寄った。

嘲《あざけ》るように、獲物《えもの》をなぶるように。

そしてアイスブルーの瞳《ひとみ》を細めながら、『極悪令嬢《ごくあく》』に相応《ふさわ》しい冷酷《れいこく》な笑《え》みを浮かべる。

「わたくしに面と向かって暴言を吐く度胸は認めるけれど――理解できたのなら大人しく帰りなさい、お嬢さん？」

壮絶《そうぜつ》な迫力と反駁《はんばく》を許さぬ正論に、少女はサッと顔色を失った。

けれど完全に屈《くっ》したわけではないようで、怖《お》じ気づいてこそ逃《に》げていくかと思えば去り際《ぎわ》の一睨みを忘れない。

本当に、なかなか気骨のある少女だ。

またはその女性を心の底から尊敬しているか。

渦中《かちゅう》にいるにもかかわらず、終始狼狽《うろた》えるばかりだったカディオを振《ふ》り返る。

「以前のあなた様は、ずいぶん女性に優《やさ》しかったようですわね？」

「うう、すみません」

チクリと嫌みを言うと、彼は萎縮《いしゅく》するように肩《かた》をすくめる。

ローザリアの知る『カディオ・グラント』は、素直《すなお》で飾《かざ》り気のない優しさを持つ男性だ。女性の心を弄《もてあそ》ぶような性格ではない。

　そもそも彼は転生者なのだから、過去の所業とは無関係だとも分かっている。

　なのにどうしても、もやもやした感情を振り払《はら》えない。

　真っ直《す》ぐな性根《しょうね》の少女が全力で慕い、庇《かば》おうとする女性がいる。そんな女性がカディオの本命だったのだと。

　それが、抜けない棘《とげ》のように胸を引っ掻《か》くのかもしれない。

　気まずいまま黙々《もくもく》と足を動かせば、ローザリア達は何とかドルーヴにたどり着いた。

　かなり巨大《きょだい》で全体像を見渡《みわた》すことはできない。

　黄みを帯びたレンガ造りの建物、上品さを演出する華《はな》やかな彫刻《ちょうこく》。窓枠《まどわく》すら緻密《ちみつ》な彫《ほ》りが施《ほどこ》され、芸術的な銅像や石膏像《せっこう》が外周を飾っていた。

　硝子《ガラス》細工の花で彩《いろど》られたエントランスは冬とは思えないほどの鮮《あざ》やかさだ。

　装飾《そうしょく》過多な貴族の邸宅《ていたく》のようだが、異なる点がただ一つ。それは、おびただしい数の人で埋《う》め尽《つ》くされていることだった。

　夜会でもまずないほどの人の多さで、ローザリアは呆気《あっけ》にとられてしまった。

　この中に突入《とつにゅう》するなんて、もはや無謀《むぼう》に思える。

　けれど後ろにも列ができつつあり、留《とど》まることなど不可能に近い。

　ローザリア達は波に押し流されるように、ドルーヴのエントランスへと近付いていく。

「すみません。はぐれないように」

カディオがひどく申し訳なさそうに、ローザリアの手を握《にぎ》った。

やむを得ずだと分かっているのにどうしても緊張《きんちょう》してしまう。

大きくて、ゴツゴツと節くれだった指。彼の体温となめらかな肌《はだ》。指先は乾燥《かんそう》のためか、ほんの少し荒《あ》れていた。

握り返したら、はしたないだろうか。はぐれないためだと解釈《かいしゃく》してくれるだろうか。

——それとも、カディオ様もわたくしのように意識してくれる？

先ほどまでの気まずさも手伝って、彼の気遣《きづか》いに礼を返すことさえできない。

そうして迷っている内に、エントランスをくぐり抜けていた。

中も混《こ》んでいるけれど、狭《せま》い路地に比べて開放的なホールで迷子の心配はない。

するりと離《はな》れていく手に込み上げる寂《さび》しさを、ローザリアは見ないふりをした。

「細い道を進み続ける閉塞感《へいそくかん》を解消することによって生まれる解放感。これも全《すべ》て計算の内だとしたら、経営者はかなりの敏腕《びんわん》である可能性が……」

「ローザリアさん？　どうしたの？」

思考に没頭《ぼっとう》していれば気が紛《まぎ》れるだろうと考えたのだが、近付いてきたルーティエに普通《ふつう》に心配されてしまった。

彼女達とは簡単に合流することができた。

揃《そろ》いの制服に身を包んだ男達に囲まれていたため、否応《いやおう》なく目立っていたのだ。

「あのね、ここでローザリアさん達を待ってたら、オーナーさんって人がレンヴィルド様に気付いちゃって。せっかくだし案内したいって言ってるんだ。予定と違って自由に見て回れなくなっちゃうけど、いい？」

「なるほど。それでこの一角だけ混雑が緩和《かんわ》されているのね」

仰々《ぎょうぎょう》しい男達の壁《かべ》は、店側が差し向けた警備員というわけか。

ローザリアは、レンヴィルドに話しかける壮年《そうねん》の男性に視線を移した。

それなりに上質な衣装《いしょう》を身に付けた男性だ。

領地運営だけでは税収が芳《かんば》しくない貴族は、副業をしている者も多い。彼もおそらくその口で、この複合型施設《しせつ》を誕生させたのだろう。

それなりに出歩いているレンヴィルドをわざわざ特別扱《あつか》いする王都民は、意外にも少ない。

私的に楽しんでいるところに水を差すのは野暮《やぼ》だと知っているからだ。

なので、彼が爵位持ちであることは想像にかたくない。記憶《きおく》が確かならば、おそらく子爵。

出迎《でむか》えられれば無下にはできなかった。

残念だが今回は、視察じみた通り一遍《いっぺん》の見学になりそうだ。

「楽しみにしてたのになぁ……。何か、ごめんね」

「あなたが謝る必要はないわ。きっかけはわたくし達がはぐれてしまったからなのだし」

「でも、お揃いの何か、探したかった」

ルーティエはどこか拗《す》ねた口調で、ローザリアは微笑《ほほえ》ましくなってしまった。もやもやした気分も、彼女と話していると浮上《ふじょう》していく。

「こうして一緒《いっしょ》にいられる時間を楽しみましょう。もし遊び足りないのなら、また二人で来ればいいのだし」

「……うんっ！」

ローザリアが笑いかけると、ルーティエは子どものように満面の笑《え》みを浮かべた。

それを不満に思うのが、まだまだ幼稚《ようち》で余裕《よゆう》のないジラルドだ。

「何さりげなく二人きりで遊ぶ約束をしているんだ⁉　不公平だと思わないのか！」

いまいち迫力《はくりょく》に欠ける姿は、やはり先ほどの令嬢《れいじょう》と似たところがある。子犬のようで、ついほっこりしてしまう。

「思いません。ご不満に感じるのでしたら、ご自身もお誘《さそ》いになったらよろしいでしょう？」

「いちいち文句を付けてくるのが約二名いるせいで、二人きりなんて程遠《ほどとお》いんだ！」

ジラルドの嘆《なげ》きに、当てこすられた約二名も異議を申し立てる。

「それはお互《たが》い様じゃないのか？　俺だって、お前に何度邪魔《じゃま》されたか分かんねぇし」

「正当性を主張したいのなら、ジラルド君は潔白であるべきだったよね」

アレイシスとフォルセ、双方から肩に手を置かれ、ジラルドは冷や汗《あせ》を掻いている。この三人、何だかんだいい関係が成り立っているようだ。

ところ構わず口喧嘩《くちげんか》を始めてしまいそうな彼らを、ルーティエが一喝《いっかつ》した。

「ちょっと、みんな！　喧嘩するなら今度のお出かけの話、なしになるからね！」

三人は慌《あわ》てて口を閉じた。

なるほど。ルーティエが頂点に君臨しているからこそ、良好な関係が保てているらしい。

ローザリアははっきりと力関係を見た気がした。

時機を見計らっていたのか、きりのいいところでレンヴィルドから声がかかる。

「君達、そろそろ行こうか。子爵《ししゃく》が裏側も案内してくださるそうだよ」

まだ表も回っていないのに、経営側を見学することに何の意味があるのか。

そういった不満は貴族らしく呑《の》み込んで、ローザリア達は誘導《ゆうどう》されるがままに歩き出した。

その際、子爵と目が合う。

レンヴィルドに向けていたにこやかさとは比べものにならない、嫌悪《けんお》に満ちた表情。

一目で、『薔薇姫《ばらひめ》』への侮蔑《ぶべつ》だと分かった。危険な存在が自由に歩き回ることへの不満を募《つの》らせているのだと。

たとえ王族に認められても、未《いま》だ根深く残る『薔薇姫』への偏見《へんけん》と反発は多い。

目に見えるかたちで証明すれば話は早いのだろうが、その努力をローザリア自身が放棄《ほうき》しているので仕方のないことだった。

自らの自由のためにグレディオールの存在を明かすつもりはない。なので、躍起《やっき》になって彼らからの賛同を得るつもりもなかった。

施設内は、どこを見渡しても豪奢《ごうしゃ》な造りだった。

螺旋《らせん》階段の手すりは金色だし、巨大なシャンデリアには優美な硝子の白鳥が留まっている。蔓草《つるくさ》模様の金細工が施された壺《つぼ》は鮮やかな瑠璃色《るりいろ》で、壁面《へきめん》を埋める絵画は赤や黄色やら原色で構成されている。

華美《かび》がすぎて段々目がチカチカしてきた。

「一階は飲食店でまとめ、二階には衣料品店、宝飾《ほうしょく》店が入っております。宝飾店には紹介《しょうかい》のない者は入れない仕組みになっており、警備も厳重です」

二階は高級な品物を扱う店舗《てんぽ》が多いようで、一階に比べると閑散《かんさん》としている。

子爵は説明を省いたが、おそらく平民向けの服飾店も一階にあるのだろう。

貴族と平民の扱いに明確な差を付けている。

防犯上間違《まちが》っているわけではないが、彼自身から平民を見下す下劣《げれつ》な感情が伝わってきて不愉快《ふゆかい》になった。こちらにルーティエがいることを微塵《みじん》も考慮《こうりょ》していない。

やはり、子爵抜《ぬ》きでもう一度遊びに来た方がよさそうだ。

あれほど楽しみにしていたルーティエが、これではあまりに不憫《ふびん》だった。

「……あら？」

ローザリアはふと、レスティリア学園の制服を着た青年が歩いてくることに気付いた。休日なのでやたらと目立つ。

落ち着いた栗色《くりいろ》の髪《かみ》に、青色の瞳《ひとみ》。背が高く体格もしっかりしていて、意志の強そうな眉《まゆ》が特徴的《とくちょう》な青年だった。

「デュラリオン」

フォルセが彼に声をかける。

現執行部員《しっこうぶいん》同士の気安さを感じる、親しみのこもった声音《こわね》だった。

──あれが、デュラリオン・カラヴァリエ。執行部の現会計で、レンヴィルド様を会長に担《かつ》ぎ上げようとしている……。

デュラリオンはレンヴィルドに礼をとってから、フォルセに向き合った。

「こんなところで会うなんて、珍《めずら》しいな」

「それはこちらの台詞《せりふ》だよ。君こそ一人で一体何をしているんだい？」

「俺は、少々買いたいものがあったのでね」

むっつりとした表情だが、不機嫌《ふきげん》というわけではないらしい。口調も動作もきびきびしていて非常に生真面目《きまじめ》そうだ。

作為《さくい》的なものだと理解しているが、彼があの量の仕事をレンヴィルドに押し付けているなんて、にわかには信じられないくらいに。

「楽しむのもいいが、殿下《でんか》がいらっしゃることを、くれぐれも忘れるなよ」

「分かっているよ。君は心配性《しょう》だな」

「当然だろう。王族をお守りするのは、我々貴族の務め――……」

デュラリオンの言葉を遮《さえぎ》るような怒号《どごう》が響《ひび》いたのは、一階からだった。

続けて硝子《ガラス》が割れる音が聞こえ、ローザリア達は階下を確認《かくにん》する。

どうやら王都民同士が諍《いさか》いを起こしているようで、胸《むな》ぐらを掴《つか》み合う姿が見えた。

両者だけの問題で済めばまだいいが、施設内は非常に混《こ》み合っている。先ほどの硝子で怪我《けが》をした者はいないだろうか。

「皆《みな》さん、そこから決して動かないでください！　イーライ、頼《たの》んだ！」

呆然《ぼうぜん》とするローザリアの隣《となり》を風のようにすり抜《ぬ》けていったのは、カディオだった。

「カディオ様！」

引き留める声にも耳を貸さず、カディオが階下へと駆《か》け下りていく。

腰《こし》に携《たずさ》えた剣《けん》には手を伸《の》ばさない。

以前彼は、人を傷付けることが恐《おそ》ろしいと言っていた。抜刀《ばっとう》するつもりがないのだ。

喧嘩に巻き込まれ、万が一怪我でもしたら。

ローザリアはすかさずイーライを振《ふ》り返った。

「わたくし達に構わず、あなたも鎮圧《ちんあつ》を！　こちらはグレディオールがいれば十分です！」

レンヴィルドの専属であるにもかかわらず、今までの彼は何だかんだでローザリアの命令も実行してきた。

けれど今回は、微動《びどう》だにしない。

「イーライ様!」

「問題ありません、ローザリア様」

イーライは、静かな表情のまま眼下の騒《さわ》ぎを静観している。

思わずローザリアも視線の先を追った。

騒ぎの中心にたどり着いたカディオは、殴《なぐ》り合いに発展していた男達の間へと割り込む。

気が昂《たかぶ》っている男達は、邪魔をする彼に狙《ねら》いを定めたようだ。

振り上げられたこぶしがカディオに迫《せま》る。

いかにも喧嘩慣れしていそうな男の一発はかなり重そうだ。息を呑むローザリアだったが、
カディオがあっさり避《よ》けたために目を覆《おお》う暇《ひま》もなかった。

「…………え?」

そのまま彼は相手の背後に回り込むと、素早《すばや》く腕《うで》をひねり上げる。呆気《あっけ》なく拘束《こうそく》された男は
堪《たま》らず悲鳴を上げた。

その時、もう一人の男が足元に転がる商品を振り投げた。金属製のゴブレットだ。

うなりを上げて飛来する金属を、カディオはその場にあった燭台《しょくだい》で咄嗟《とっさ》に弾《はじ》き飛ばす。

壁《かべ》と同じレンガで造られた階段に、ゴブレットが思いきりめり込んだ。

冷静に人がいない区画を選んで打ち返したのだろう。誰《だれ》かに当たれば最悪の場合、致命傷《ちめいしょう》になるところだった。

隙《すき》と見たのか、今度はカディオの背後からこぶしが繰《く》り出される。

さすがにかわしきれないと思われたが、彼はまるで後ろに目があるかのように回し蹴《げ》りで返り討《う》ちにしてしまう。

完全に手加減された一撃《いちげき》であっても、もろに食《く》らった男はよろけた。だがその先には硝子の破片《はへん》が散らばっている。

このままでは大怪我をする。倒《たお》れゆく男の無惨《むざん》な結末を思い、誰かが悲鳴を上げたその時。

カディオが長い腕を伸ばして、男の襟首《えりくび》を何とか引き寄せた。

かろうじて引っかかっているのは中指一本。

喉《のど》を締《し》め付けられた男は苦痛にうめくが、今まさに転がろうとしていた地面に視線を向けると一瞬《いっしゅん》で青ざめた。

カディオは、安心させるように男へと笑いかける。

「よかった。ギリギリでしたね」

子どものようにいなされ、その上庇《かば》われてからの笑顔《えがお》に、一体何を感じたか。

男は情けない顔で両手を前に突《つ》き出し、あっさり降参の意を示した。

もう一人の男も既に同じ体勢だ。

成り行きを周囲で見守っていた客達は、華麗《かれい》に解決してみせた騎士《きし》に喝采《かっさい》を上げた。

カディオは恐縮《きょうしゅく》しつつ、破片で怪我人が出ないよう彼らを慌《あわ》てて宥《なだ》めている。

あっという間に片が付き、イーライが真顔で振り返った。

「街の無法者ごときに、我々近衛《このえ》騎士が負けるはずがありません」

「そ、のようですわね……」

普段《ふだん》のカディオを見ていると忘れがちだが、彼は近衛騎士団の中でも指折りの精鋭《せいえい》なのだ。

安堵《あんど》と共に、肩《かた》から力が抜けていく。

「カディオ様……」

「クソッ。店内で暴れるなど、凶暴《きょうぼう》な輩《やから》め」

歩み寄ろうとしたローザリアの横を、子爵《ししゃく》が小声で悪態をつきながら通り過ぎていく。

けれど彼は、すぐに取り繕《つくろ》った笑みを作った。

「さすがでございますな、騎士殿《どの》！　争いを一瞬で収めてしまう手腕《しゅわん》、お見事でした！」

ドルーヴのオーナーが出てきたことで、さらに客達が興奮する。

もはやお祭りのような騒ぎだ。

——それが狙いなのかしら。

争いに恐怖《きょうふ》を感じていた者には非日常のちょっとした刺激《しげき》という印象にすり替《か》わるし、いい思い出になれば評判も高まる。

先ほどの呟《つぶや》きを聞く限り客のためとはとても思えないが、悪くない対応だろう。

「ただ一つ、問題が」

「？　イーライ様？」

ローザリアは、珍しく口数の多いイーライに向かって首を傾《かし》げる。続きを引き取ったのは、乾《かわ》いた笑みを浮《う》かべるレンヴィルドだった。

「もうすぐ憲兵がやって来る頃《ころ》だ。ここまでしっかり関《かか》わってしまったからには、カディオ共々事情聴取《ちょうしゅ》は免《まぬか》れないだろうね」

「まぁ……」

見計らったかのように、エントランスから通報を受けた憲兵団がなだれ込んでくる。

ローザリアは頬《ほお》が引きつるのを感じた。

ただでさえ、休みが潰《つぶ》れたようなものだったのに。

長い一日はまだ終わりそうにない。

憲兵から一人一人事情聴取を受け、現場検証を終えた頃。

外はすっかり暗くなっていた。

全員が時間を合わせて帰るのは大変なので、従者達がそれぞれの馬車を手配し各自寮《りょう》へ戻《もど》ることになっていた。馬車のないルーティエはローザリアと同乗する予定だ。

ドルーヴも閉店間際《まぎわ》。今日は本当に、踏《ふ》んだり蹴ったりだった気がする。

すっかり口数の減った二人は、疲《つか》れた足取りで階下へと向かう。

一階の飲食店から漂《ただよ》う食欲をそそる匂《にお》いに空腹が刺激される。余り物でいいから何か分けてもらえないだろうか。

その時、階段で、モゾリと動く物体を見つけた。

人と知りながら物体と称《しょう》さざるを得なかったのは、うずくまり布の塊《かたまり》と化していたからだ。

謎《なぞ》の布は、諍いでゴブレットが命中した辺りを這《は》いずっていた。ボロボロの布で全身を覆っているためなかなか不気味だ。

そして、口中で何か呟いている。

「な、何あれ……」

ルーティエは怯《おび》えているが、不審《ふしん》な風体《ふうてい》と階段に向かって呪文《じゅもん》めいた独り言を呟く姿に、ローザリアは色々ピンと来てしまった。

おそらく、彼が噂《うわさ》の不審人物だ。

暗がりで遭遇《そうぐう》してしまえば確かに怖《こわ》い。

もし危険思想の持ち主なら憲兵に伝えるべきだろうと、男の言動に耳を澄《す》ましてみる。

『……に問題はないだろうか。どうにもここまでの損傷は……製造されたのがいつか……』

何というか、全《すべ》て腑《ふ》に落ちた。

――なるほど。そういうことだったのね……。

何を話しているのか理解できなければ、貧民街の住民が不気味に思うのも無理はない。

男は、隣《となり》の大陸――主にシャンタン国などで用いられる言語を話していたのだ。

ひとまず、見るからに不審ではあるものの害はなさそうだと判断する。

グレディオールとミリアもついているので、ローザリアは思いきって声をかけてみることにした。あまりの変人ぶりに興味が湧《わ》き出していたのだ。

『あの、何をしていらっしゃるのですか？』

自国の言語に、風変わりな男性は顔を上げた。

「言葉が、分かるのか」

「書物で学んだ程度ですが」

レスティリア王国の公用語も話せるらしい男性の声は、思いの外若かった。

外套《がいとう》のフードを目深《まぶか》に被《かぶ》っているため判然としないが、もしかしたらローザリアと同じくらいの年齢《ねんれい》かもしれない。

「あなたは、一体何をしていらっしゃるのですか？　あなたの不思議な行動を見て、街の方々が不安がっております」

「それは申し訳ない。だが、どうしても確かめねばならないことがある」

口調がどことなく堅苦《かたくる》しいのはこちらの言語に慣れていないためだろうか。とはいえ、とても流暢《りゅうちょう》に操《あやつ》っている。

「確かめたいこととは、階段を観察されているのと関係があるのですか?」

「そうだ」

「焼成《しょうせい》レンガがお好きなのですか?」

何か使命があるような口振《くちぶ》りだが、彼が楽しそうなので思わず訊《き》いてしまった。

焼成レンガとは、文字通り原料となる粘土《ねんど》などを高温で焼いたものをいう。

するとその単語に、男は顕著《けんちょ》な反応を見せた。

「焼成レンガ……そんな言葉が出てくるとは、さては君も、壁愛好家では?」

「違《ちが》います」

ローザリアの食いぎみの返答にも、男の興奮は冷めやらない。好きなものが関わると話が通じなくなる類《たぐ》いの人間のようだ。

「俺は、壁が好きだ。この国のレンガも非常に面白《おもしろ》い。レンガの色は、原料の粘土と焼き方で決まることを、知っているか。とても美しく奥が深いではないか……!」

勢いよく立ち上がった拍子《ひょうし》に、男のフードがハラリと肩に落ちる。

露《あら》わになったのは、紫《むらさき》を帯びた艶《つや》やかな黒髪《くろかみ》と燈火《とうか》のような橙色《だいだいいろ》の瞳《ひとみ》。そして、シャンタン国特有の、神秘的な象牙色《ぞうげいろ》の肌《はだ》。

一重《ひとえ》の目元は細い鼻梁《びりょう》と相まって涼《すず》しげな印象だが、唇《くちびる》がふっくらしているからか、どこか妖《あや》しい色香《いろか》があった。

「あれ……どこかで見たような……」

背後でルーティエがこぼした呟《つぶや》きは、やけに熱量のある語り口に掻《か》き消される。

「景観の美しさは壁《かべ》にある、と言っても過言ではない。空間《そこ》を損なわない、景色に溶《と》け込む美しさ。それが壁だ。壁こそ美の頂点」

「は、はぁ……」

「分かってくれるか。君は見込みがある」

淡々《たんたん》と、それでいてまくし立てるように微妙な性癖《せいへき》を説く美貌《びぼう》の青年には、やはり変人という言葉が相応《ふさわ》しい。何かを見込まれても非常に重荷だ。

「――ローザリア嬢《じょう》、ルーティエ嬢？」

その時、上方から名を呼ぶ声が聞こえた。現れたのはレンヴィルドだ。

ようやく聴取を終えたようで、どこか疲れた様子で階段を下りてくる。

「何をしているんだい？　もう日も暮れているし、早く帰った方がいい」

「それが、こちらに……」

そうしてローザリアが振《ふ》り返った時。

不思議な青年は、忽然《こつぜん》と姿を消していた。

レスティリア王国とシャンタン国とは、海を挟《はさ》んで隣同士《となりどうし》の国だ。

約八十年前は友好条約を締結《ていけつ》し貿易も盛んだったと記録されているが、現在はほとんど交流が持たれていない。その要因は主に王国側にあった。

肌の色や文化の違いに対する忌避感《きひかん》。

いつしか思想はねじ曲がり、自分達が上位であると考えるようになってしまった。

今となっては差別感情が根深すぎるために、友好条約を結んでいることさえ知らない国民が大多数といった現状だ。

そんなシャンタン国の船が、まるで忍《しの》ぶように深夜の入港を果たしている。以前ミリアに聞かされた時から、ずっと気になっていた。

そこに折よく現れたのが、不審人物と噂されていたシャンタン国出身の青年。

民族の特徴《とくちょう》である象牙色の肌。そして、起伏《きふく》の少ないすっきりとした顔立ち。

これが偶然《ぐうぜん》だなんてどうしても思えない。

あれから数日。

食堂で昼食をとっていてさえ、ローザリアは散らばった情報の分析《ぶんせき》に明け暮れていた。

というのも、話す相手がいないからだ。

食堂内はいつも通りの賑《にぎ》わいを見せている。

窓の外はまた雪がちらつき始めているが、暖炉《だんろ》と人の熱気が広い空間を暖めていた。

けれど食堂の特別席、特権階級のみが使用できる区画には、現在ローザリアしかいない。

本来ならば王族や執行部《しっこうぶ》、役員のために用意された席だが、『薔薇姫《ばらひめ》』であるローザリアも特別席の利用を許可されている。

カリスマという意味での特別ではなく、一般《いっぱん》席に交じると恐慌《きょうこう》をきたす生徒が現れるからという、やむにやまれぬ事情のためだ。

普段《ふだん》は執行部や各役員達が忙《いそが》しいため出払《ではら》っており、ほとんどレンヴィルドと二人で利用している状態だった。

たまにフォルセや他の役員達と鉢合《はちあ》わせをしても、仕事の話をしていれば割って入ることもできない。

ローザリアにとって気軽に話せる相手は王弟殿下《おうていでんか》だけだったのだが、最近は彼も会長就任に向けて役員達と行動を共にすることが多くなっていた。

そのためローザリアは、昼食中いつも一人きり。

目の前にあるクリームシチューのポットパイはとてもおいしいものだ。

パイに覆《おお》われた表面をスプーンで崩《くず》すと、中から湯気と共に熱々のシチューが顔を出す。鶏肉《とりにく》と少しふやけたパイ生地《きじ》を一緒《いっしょ》に食べれば、口の中にミルクと野菜の旨《うま》みが広がり、体が芯《しん》から温まる。

なのに、何かが足りないと感じてしまう。

寒い冬に触《ふ》れるふとした温かさは、単純に幸せと直結していると思う。

それは、誰《だれ》かと笑い合うことで生まれる胸の温かさにもよく似ている。

同じく食堂に集まっていたルーティエが見えた。アレイシスとジラルドも一緒だ。

羨《うらや》ましい、と思うのは贅沢《ぜいたく》なのだろうか。

屋敷《やしき》の外を自由に歩ける。学園に通える。

最初は、それだけで十分だったのに。

――そうだわ。屋敷に閉じ籠《こ》もっていた頃《ころ》のわたくしは、書物から得た情報を分析するのが何よりの楽しみだった……。

義弟《おとうと》や元婚約《こんやく》者と遊ぶより、外の世界へと想像を膨《ふく》らませる方が好きだったなんて、彼らにはとても言えないけれど。

これもある意味成長と呼べるのかもしれない。

そうして胸の内の寂《さび》しさに折り合いを付けていると、特別席にやって来るデュラリオンと目が合ってしまった。

「あ……」

「ごきげんよう、カラヴァリエ様」

ローザリアは、すぐさま笑《え》みを取り繕《つくろ》って対応する。あの時言葉を交《か》わしたわけではないので、これが初めての会話となる。

デュラリオンは、二列ずれた向かいの席に着いた。

二十席以上ある特別席の、何とも微妙《びみょう》な位置。

彼が食事に手を付け始めてからしばらくすると、ローザリアは話を切り出した。

「先日は騒《さわ》ぎに巻き込んでしまい、大変失礼いたしました。その後憲兵から、何か連絡《れんらく》はございましたか？」

彼は、たまたまその場に居合わせたことで同じく聴取《ちょうしゅ》を受ける羽目になっていたのだ。

謝罪に対し、デュラリオンは首を振った。

「いや、特には。殿下付きの護衛騎士《きし》以外の聴取は、単に形式的なものだったのだろう」

「そうですか。あれ以上ご迷惑《めいわく》にならなかったようで、安心いたしました」

笑顔で胸を撫《な》で下ろすと、なぜかデュラリオンがこちらを注視していた。どこか珍《めずら》しいものでも眺《なが》めるような目付きだ。

「何か？」

「あぁ、いや……失礼した」

彼は我に返ると、慌《あわ》てて食事を再開させた。

訝《いぶか》りながら、ローザリアも手を動かし始める。

あとは特に会話らしい会話もなく。

ローザリアは、生まれて初めて気《き》詰《づ》まりというものを体験した。


それから二週間が経《た》った放課後。

もうじき冬の月も終わろうというのに、最後に全《すべ》てを振り絞《しぼ》るかのようにこんこんと降り続けた、雪の晴れ間。

久しぶりに空が青色を覗《のぞ》かせたので、ローザリアは出かけることにした。

目的地はドルーヴだ。

やはりどうしても、あの時出会った青年の挙動が気にかかる。

彼が観察していた階段のひび割れを確かめれば、何かを摑《つか》めるかもしれない。

ルーティエ達は既《すで》に外出しているようなので、レンヴィルドを誘《さそ》いに行く。一学年上とはいえ生徒数が少ないため、彼の教室はそれほど遠くない。

しかし悠々《ゆうゆう》と歩くローザリアの前に、立ちはだかる者がいた。

「セルトフェル君、今日こそ私と美しい平面幾何学《きかがく》の定理について話し合わないか」

「……ごきげんよう、ラボール先生」

すっかり油断していた。

未《いま》だにしつこく数学談義を迫《せま》ってくるラボールは、レンヴィルドのクラス担任だった。

「平面幾何学は嫌《きら》いか？　では、球欠や球台だったらどうだろう？」

「どうもこうも、わたくしには先生のおっしゃっている意味が分かりかねます」

「とぼける気か。君が学術研究の頂点である『賢者《けんじゃ》の塔《とう》』の学者と同等か、それ以上の知識を保有していることはお見通しだぞ」

「買い被《かぶ》りでございましょう」

のらりくらりとかわし続けるにも限界がある。

特に彼は数学に興味を示すと好感度が上がるのだとルーティエから聞かされていたから、会話すらも細心の注意が必要だった。

困り果てていると、思わぬ助け船が入った。

「ラボール先生。すみませんが、彼女を解放していただけませんか。これから、執行部の手伝いをしてもらう予定なんです」

廊下《ろうか》の先から声をかけてきたのは、何とデュラリオンだった。

彼が歩み寄ってくると、ラボールは至極《しごく》残念そうに息をついた。

「用事があるなら仕方がないな。だが、私は絶対に諦《あきら》めないぞ」

案外あっさり引いていく数学教師を見送ると、ローザリアはデュラリオンを見上げた。

「カラヴァリエ様、助かりました。本当にありがとうございます」

丁寧《ていねい》にお辞儀《じぎ》をすると、彼は青色の瞳《ひとみ》をうっすらと細めた。

「……先日も思ったが、噂《うわさ》とは適当なものだな」

独白のような口調に、ローザリアは首を傾《かし》げる。

彼は食堂でも見せた、あの珍しいものでも眺めるような目付きだ。

「会話をすればむしろ理性的だし、明らかに迷惑を被《こうむ》っていても決して無下にはしない。等身大の君は、『極悪令嬢《れいじょう》』という呼称《こしょう》とはかけ離《はな》れている」

不思議そうに見下ろされ、束《つか》の間言葉を失った。

真《す》っ直ぐな瞳を見ていれば、彼の生真面目《きまじめ》な人柄《ひとがら》が伝わってくる。

先ほど白々しい嘘《うそ》までついて庇《かば》ってくれたのも、おそらく純粋《じゅんすい》な善意だったのだろう。少しだけ、カディオに似ている。

ローザリアは口角を持ち上げると、ゆっくり笑みをかたどった。

「……それは、想像していたよりもわたくしが善人だったため驚《おどろ》いた、という解釈《かいしゃく》でよろしいでしょうか？」

途端《とたん》、デュラリオンは凜々《りり》しい眉《まゆ》を下げる。

「う、その、そんなつもりは決して……いや。すまない。今の言い方では、そう取られても仕方がなかったかもしれない」

ばつが悪そうな謝罪にも、確かな誠意がある。

ローザリアは微笑《ほほえ》みから皮肉の棘《とげ》を取り除くと、すぐに話を切り替《か》えた。

「ところで、レンヴィルド様はまだ教室に残っておられるでしょうか？」

同クラスであるはずのデュラリオンならば知っているだろうと問いかける。すると、彼は再び後ろめたそうに眉尻《まゆじり》を下げた。

「もしも殿下に用事があったのなら、そちらも詫《わ》びねばならない。その……彼はおそらくまだ手が離せない」

「はい……？」

首を傾げつつもデュラリオンと別れ、彼の言葉の真意を確かめるため教室を覗き込む。

そこには、書類の山に埋《う》もれた亡霊《ぼうれい》──のように存在感が希薄《きはく》になってしまったレンヴィルドがいた。

傍《かたわ》らには、心配そうに顔を曇《くも》らせるカディオとイーライがいる。

なるほど。謎《なぞ》の謝罪の意味が分かった。

「お取り込み中、よろしいかしら？」

静かに問いかけると、彼はゆっくりと振《ふ》り返った。鬼気《きき》迫《せま》る形相だ。

「やぁ、ごきげんよう」

「……だいぶ血迷っておりますわね。先日楽しみ損《そこ》ねたのでドルーヴにお誘いしたかったのですけれど、困りましたわ」

「現状を理解した上で、さらに私のせいで楽しみ損ねたと追い討《う》ちをかけるその強靭《きょうじん》な精神力は、称賛《しょうさん》に値《あたい》するよ」

大変な状況《じょうきょう》下であろうが、いつも通りの受け答えができる彼の胆力《たんりょく》にも感心する。

問題がなさそうなので、ローザリアは話を進めることにした。

「何日も雪で籠《こも》らざるを得なかったので、ようやく出かけることができると楽しみにしておりましたのに」

「――分かった。分かったよ。では、カディオを連れていくといい」

疲《つか》れたように肩《かた》をすくめるレンヴィルドに、ローザリアは満面の笑みを浮《う》かべた。

「話が早くて助かりますわ」

「はじめからそれが目的だろう？」

「いいえ。レンヴィルド様が忙《いそが》しくないようでしたら、ご一緒《いっしょ》していただくつもりでした」

会話中も淀《よど》みなく動き続けていた彼のペン先が、僅《わず》かに止まる。

けれどそれもほんの一瞬《いっしゅん》で、レンヴィルドは普段《ふだん》と変わらぬ様子でカディオを振り向いた。

「カディオ。彼女の護衛を頼《たの》まれてくれるかい？」

「ですが……」

護衛というのはほとんど大義名分で、遊びに出かけるようなものだ。

忙しく働いている主《あるじ》の手前、カディオは快諾《かいだく》することができないでいる。

レンヴィルドは気にしなくていいと笑った。

「いいね、これは命令だよ。……そうだな。手土産《てみやげ》でもあれば嬉《うれ》しいかな」

彼が付け加えるように提案すると、カディオの表情は明るくなった。

「そうですね！ 疲れている時には甘いものと言いますし、殿下《でんか》に相応《ふさわ》しいものを選び抜《ぬ》いてみせます！」

「いや、君の選《え》りすぐりの甘いものは、少々遠慮《えんりょ》したいかな……」

かなりの甘党であるカディオに対し、レンヴィルドは一般《いっぱん》的な甘さを好む。やる気を見せる騎士《きし》に、頬《ほお》が引きつっていた。

とはいえ、予定は決まった。

まさかこんなに早く実現するとは思っていなかったけれど、念願のカディオとのデートだ。

あの日と同じように、ドルーヴへと続く細い路地を並んで歩く。

平日だからか、はぐれるほどの交通量でないことは幸いだった。

「そういえば、俺でよかったんですか？　確かルーティエさんと、また一緒に行く約束をしてましたよね」

カディオに問いかけられ、ローザリアは軽く目を瞬《またた》かせる。

護衛に就《つ》いていた彼が、ルーティエとの会話を聞いていたとは思わなかった。仕事には真面目な性格なので意外だ。

「いいんです。今日は、少し調べたいこともあったので。カディオ様と一緒でしたら何かあった時も心強いですわ」

シャンタン国の青年のように、不審者《ふしん》扱《あつか》いをされては困る。騎士団の制服をまとう彼の存在は、信頼度《しんらいど》的にも非常に助かるのだ。

そういった下心を包み隠《かく》さず打ち明けると、カディオはくすぐったそうに笑った。

利用すると宣言されているのに、なぜこんなにも嬉しそうにするのか。

ローザリアは居たたまれなくなって視線を逸《そ》らした。

「それにわたくし、以前にルーティエさんから頂いた組み紐飾《ひもかざ》りのお返しをしたいのです。手作りしていただいたものに既製品《きせいひん》をお返しするなんて、礼儀《れいぎ》に反するかもしれませんが……」

ドルーヴに行けば、何かお礼になるようなものを探せるのではという目論見《もくろみ》もあった。

カディオは、これにも嬉しそうに破顔した。

「礼儀に反するなんて。ローザリア様が律儀《りちぎ》なことは知ってますけど、大事なのは気持ちじゃないですか。ルーティエさん、きっと喜びますよ」

「そう、でしょうか……」

てらいのない言葉に恥《は》ずかしくなって、ローザリアは外套《がいとう》の襟元《えりもと》に顔を埋《うず》めた。

その仕草に誤解したのか、カディオは心配そうに眉尻を下げる。

「すみません、寒いですよね」

「いいえ。大丈夫《だいじょうぶ》です」

寒さは彼のせいじゃないのに。

申し訳なさそうに謝るカディオがおかしくて、ローザリアは小さく笑った。

周囲は冬景色とはいえ、もうすぐ春の月に突入《とつにゅう》する時季なので気温はそれほど低くない。水気の多い湿《しめ》った雪は数日もすれば解けて消えてしまうだろう。

その雪もしっかり道端《みちばた》に追いやられており、歩きにくいということもなかった。

とはいえローザリアが寒さを感じないのは、二人きりで街を歩くという状況によるものかもしれない。

少なからず緊張《きんちょう》しているし、高揚《こうよう》もしている。

隣《となり》を見上げれば、気付いたカディオが笑顔《えがお》を返してくれる。少し癖《くせ》のある赤毛を揺《ゆ》らしながら、美しい金色の瞳《ひとみ》を柔《やわ》らかく細めて。

そのたびに心臓は騒《さわ》ぐし、体温は上がる。多幸感に頭がくらくらした。

「寒さなど気にならないくらい、楽しいですわ」

「ハハ。ローザリア様も、子どものようにはしゃがれたりするんですね」

これだけはっきり好意を示しているのに、ただの無邪気《むじゃき》と解釈されては堪《たま》らない。ローザリアはカディオをじっと見つめながら、さらに押した。

「……カディオ様と一緒だから、とは思ってくださいませんの？」

「！」

鈍《にぶ》い彼もさすがに動揺《どうよう》した。

褐色《かっしょく》の頬を隠しているのは、決して寒さのせいではないだろう。照れると金色の瞳が分かりやすく潤《うる》むことも知っている。

真面目《まじめ》で職務に忠実なカディオが、他《ほか》ではあまり見せない表情。

転生という事情を知る稀少《きしょう》な存在ゆえに気を許しているだけかもしれないが、ローザリアにはそれが嬉しかった。

「カディオ様、わたくし……」

「も、もう少し急ぎましょうか！　早く行かないと、ホラ、門限もありますし！　ね！」

カディオはぎくしゃくしながらも、歩く速度を速めた。甘い雰囲気《ふんいき》が一瞬で霧散《むさん》していく。

「……」

いつもこうだ。

話しかければ嬉しそうに笑うし、好意を見せればあからさまに動揺する。

だというのに、カディオは甘い雰囲気になりかけると、なぜか急に及《およ》び腰《ごし》になるのだ。

それなりに意識してもらっている自覚があるからこそ、解《げ》せない。

何でも相談できるミリアもこういったことには疎《うと》いため、毎回二人で首をひねっていた。

彼女が提案する『相手が積極的に動かないなら、既成事実《きせいじじつ》を作ってしまえばいいじゃない』作戦を、実行すべきだろうか。

けれどグレディオールから、傲慢《ごうまん》なことばかりしていると革命が起きてギロチン刑《けい》に処されるとの忠告を受けていた。

革命でよりよい変化が起こるのなら、それはいいことだと思うのだが。そもそもギロチンとは何なのか、説明がなかったためよく分からない。

もやもやと考え込んでいる内に、ドルーヴに到着《とうちゃく》していた。

すぐ二階へ進もうとするローザリアだったが、カディオは一階にある雑貨店を勧《すす》めた。

高価なものを贈《おく》られても、おそらくルーティエはおそれ多く感じてしまうだろうからと。

一理あると納得《なっとく》し、一階の区画を進む。

カディオに勧められた雑貨店は、平民向けとは言ってもかなり華《はな》やかな店舗《てんぽ》だった。

瀟洒《しょうしゃ》に飾り付けられた陳列棚《ちんれつだな》には間隔《かんかく》を空けて商品が並べられており、以前に覗《のぞ》いた噴水《ふんすい》広場の雑貨店とは一線を画している。

「最近の硝子《ガラス》加工技術は、目覚ましく進化しているのね。研磨《けんま》はどのような手法で行われているのかしら？　それにこの意匠《いしょう》、とても斬新《ざんしん》だわ……」

カディオから贈られた青い蝶《ちょう》の髪飾《かみかざ》りを思い出しながら感じたままを呟《つぶや》く。

聞き留めた彼が、喉奥《のどおく》でおかしそうに笑った。

「ローザリア様、何もそんな学者みたいな視点の感想を言わなくても。単純に綺麗《きれい》とか素敵《すてき》だとかで、気に入ったものを選べばいいのに」

貪欲《どんよく》に知識を吸収しようとするのは、治らない病のようなものだ。

全《すべ》てを諦《あきら》めセルトフェル邸《てい》の敷地《しきち》内だけで生活していた頃《ころ》、知ることにしか楽しみを見出《みいだ》せなかったゆえに。

指摘《してき》はまさにその通りで、女性らしくないと呆《あき》れられるかと思った。

にもかかわらず、カディオの瞳に宿っているのは優《やさ》しい感情ばかりだ。

「でもその真面目さが、ローザリア様なんですよね。出会った時から全然変わらない」

快活な笑顔で、はっきりと肯定《こうてい》される。ローザリアは胸がざわつくのを感じた。

――カディオ様こそ、変わらない……。

初めて出会った時のことを思い出す。

『何で我慢《がまん》する必要があるんでしょう？　自分の人生なんだから、好きに生きればいいと思いますけど』

彼のその一言があったから、ローザリアは自由に生きることを決めたのだ。

おそらく、転生者であるカディオだからこそ言えた言葉。

──色々な感情を体験した、今なら分かるわ。わたくしにとって、あの日は特別だった。あの日、きっとカディオ様に……。

「ローザリア様？」

カディオに不思議そうに覗き込まれ、ローザリアはゆっくりと微笑《ほほえ》んだ。

「……何でもございません。すみません、少しぼんやりしておりました」

ルーティエへの贈り物と、ついでにレンヴィルドへの嫌《いや》がらせのように甘そうな手土産《てみやげ》を選び終え、例の階段の傷跡《きずあと》を見に行く。

二週間が経《た》っているのに、ひび割れはまだそのままで残っていた。大して目立たないために放置しているのだろうか。

レンガ造りという構造上補修のためには一度閉店せねばならず、それを例のオーナーがよしとしないからか。

ともかく、傷跡をつぶさに観察してみる。

「これに、何があるというのかしら……」

何の変哲《へんてつ》もない、レンガのひび割れ。

金属のゴブレットをレンガにめり込ませるカディオの膂力《りょりょく》には驚《おどろ》くべきものがあるが、それ以外にこれといって特筆すべきことはなかった。

ローザリアは階段に屈《かが》み込むと、傷跡に触《ふ》れてみる。

強く指を押し付けると、パラパラと粉状になりながら崩《くず》れた。

「これは……」

ドルーヴは新しく建てられたもののはずなのに、やけに脆《もろ》い気がする。

指先に付着した白っぽい粉末をじっくり検分していると、高らかなヒールの音がゆっくりと背後で止まった。

カディオと共に振《ふ》り返る。そこには、見知らぬ美女が立っていた。

彼女は、ドレス姿ではなかった。

暗い藍色《あいいろ》のジュストコールに同色のベスト、黒のスラックス。乗馬ブーツも黒で、落ち着いた色合いでまとめている。

それでも女性にしか見えないのは、しどけなく結《ゆ》い上げられた美しい黒髪《くろかみ》と華やかな美貌《びぼう》、そして曲線を描《えが》くしなやかな肢体《したい》のためだ。

彼女の知的に輝《かがや》く菫色《すみれいろ》の瞳は、親しげにカディオを見つめている。

「久しぶりだね、カディオ殿《どの》」

声すら特別な楽器のように響《ひび》く。

頼《たの》みごとをされたらうっかり頷《うなず》いてしまいそうな、魅惑《みわく》的な声音《こわね》。

「最近は夜会にも顔を出してくれないから……なかなか寂《さび》しかったよ」

つい聴《き》き入っていたローザリアだったけれど、聞き捨てならない台詞《せりふ》に正気に返った。

年齢不詳《ねんれいふしょう》の美女が、ゆっくりとカディオに歩み寄る。

決して露出《ろしゅつ》が多いわけではないのに、なぜこうも艶《あで》やかなのか。

——いいえ。そんなことを考えている場合ではないわ。

言動から推察するに、彼女は過去の『カディオ・グラント』と顔見知りのようだ。

カディオの動揺ぶりが凄《すさ》まじい。

このまま接し続けていれば、以前の彼との差異に違和感《いわかん》を覚えられるのも時間の問題だ。

ここは事情を知る者が助け船を出す場面だろう。

ローザリアは、彼を庇《かば》うように笑顔《えがお》で進み出た。

「初めまして。わたくし、ローザリア・セルトフェルと申します」

セルトフェルと聞いても、彼女は動じなかった。

トロリと滴《したた》り落ちそうなほど赤い唇《くちびる》に、好意的な笑みを浮《う》かべる。

「セルトフェル侯爵《こうしゃく》家のご令嬢《れいじょう》とは、これは大変失礼いたしました。名乗るのが遅《おそ》くなりました。私は、レイリカ・カラヴァリエと申します。僭越《せんえつ》ながら、カラヴァリエ伯爵《はくしゃく》として領地を治める身です」

「まぁ……あなたが、かの有名なカラヴァリエ伯爵でしたの。ご高名はわたくしの下《もと》にも届いておりますわ」

家ごとに爵位継承《けいしょう》の決まりごとは異なるが、女性が継《つ》げる家系は稀《まれ》だ。中でもカラヴァリエ家は特殊《とくしゅ》で、レイリカは正統な血を継ぐ夫亡《な》きあと、その地位を継承したのだという。

レイリカは前伯爵にとって後妻にあたり、もちろんカラヴァリエ家と血の繋《つな》がりもない。だからこそ、これは特殊な事例なのだ。

正統な後継者、亡き先妻の子である長男が成人前であるがゆえ、あくまで中継ぎとして爵位の継承が許された。

その亡き先妻との間に生まれた長男というのが、デュラリオン・カラヴァリエ。

おそらくレイリカとは十歳ほどしか変わらないだろう、レスティリア学園執行部《しっこうぶ》の現会計。最近何かと話す機会のある、生真面目《きまじめ》な青年だ。

──また、カラヴァリエ……。

これは偶然《ぐうぜん》だろうかと考えるローザリアに、レイリカの苦笑《くしょう》が届いた。

「私の噂《うわさ》は、なかなか面白《おもしろ》いものもあるでしょう？」

男装の麗人《れいじん》がほのめかしているのは、口さがない者達から流れる悪評だ。

夫を殺し伯爵位を得たとか、はじめからその地位が目当ての婚姻《こんいん》だったとか。

けれどローザリアは、噂の無責任さを知っている。

「わたくしが知っているものですと、伯爵様が真摯《しんし》に領地を守り続けているという話が最も多いでしょうか。領民にも慕《した》われていると」

何より、デュラリオンの人柄《ひとがら》そのものが答えだった。

前伯爵が亡くなってから、およそ八年。

あれほど生真面目で、また人に慕われる青年に育ったならば、血が繋がらないとはいえレイリカがいい親だったのだろうと分かるから。

ローザリアが本心を告げていることを悟《さと》ると、彼女は素直《すなお》に笑った。艶やかな容貌《ようぼう》とは裏腹に、若々しく闊達《かったつ》な笑顔だった。

「そういえばローザリア嬢には、先日は迷惑《めいわく》をかけたね」

「わたくし？」

「うちの子猫《こねこ》が、あなたに無礼を働いたようだ」

スーリエ家の令嬢のことだと、すぐにピンと来た。

そうすると、頭の中で様々な符号《ふごう》が一致《いっち》する。

少女いわく、綺麗なだけじゃなく格好よく凜《りん》としていて。夫が数年前に他界し、辛《つら》い境遇《きょうぐう》にもかかわらず遺《のこ》された領地を毅然《きぜん》と守り続ける、とても素晴《すば》らしい方。

――つまり彼女が言っていた『カディオ様の本命』とは……この方？

心臓を鷲掴《わしづか》みにされたような衝撃《しょうげき》が、ローザリアを襲《おそ》った。

領民のために尽《つ》くす姿勢は尊敬していたし、何かと批判されることの多い立場を思えば、どことなく共感すら覚えていたのに。

美しく聡明《そうめい》で、民《たみ》を思いやる慈悲《じひ》深さを持つ非の打ち所のない完璧《かんぺき》な女性が、カディオと関係を持っていたかもしれない。

指を絡《から》めながら、親密な距離《きょり》で寄り添《そ》い、鍛《きた》え上げられた逞《たくま》しい胸元《むなもと》に顔を埋《うず》める姿を想像してしまうと――。

とぐろを巻くように身体中《からだじゅう》を駆《か》け巡《めぐ》るこの感情は、一体何なのだろう。あまりに大きすぎて全貌《ぜんぼう》を捉《とら》えることすらできない。

頭の中はかつてないほど真っ白で、ローザリア自身戸惑《とまど》ってしまう。

それでも、毅然と立たねばならない。

手も足も出せずに敗北を認めるのは、ローザリアの矜持《きょうじ》が許さなかった。

「まぁ、彼女はカラヴァリエ伯爵の飼《か》い猫《ねこ》でしたの。失礼ですが、少々躾《しつけ》がなっておられないようでしたけれど」

「困ったことに、そこがまた可愛《かわい》らしくてね。つい甘やかしてしまうんだ」

「……」

大人の魅力《みりょく》を見せ付けられているようだった。

器《うつわ》の大きさも、何もかもが敵《かな》わない。

レイリカは、背後で待たせている男性を振り返った。

制服からして彼女の家に仕える従者だろう。

「すまないね、所用の途中《とちゆう》だったんだ。あの子がしたことへの謝罪は、また日を改めて」

彼女はローザリアからカディオに視線を移すと、いたずらっぽく片目をつむった。

「それではカディオ殿。今後も夜会で会うことがあったら、よろしく頼むよ」

「は、はぁ……」

レイリカは、そのまま颯爽《さつそう》と歩き去っていった。

呆然《ぼうぜん》とその背中を見つめながら、ローザリアは呟《つぶや》く。

「わたくしは、あと何度こうして絡まれるのかしらね」

スーリエ家の令嬢といい、何だか街に出るたびに憂鬱《ゆううつ》な思いをしている気がする。

放心状態だったカディオが、サッと青ざめた。

「す、すみません……！」

「いいえ。カディオ様を責めても仕方がないことくらい、理解しておりますわ」

だが、理性と感情は別物だ。

過去の『カディオ・グラント』の女性関係にこれほど翻弄《ほんろう》されては、八つ当たりの一つもしたくなるというもの。

謝ろうにもそれ以上の言葉が見つからないカディオに視線を定め、アイスブルーの眼差《まなざ》しを細めた。浮かべるのは氷の微笑《びしょう》。

「とはいえ何かしらの仕返しをしなければ腹の虫が納まらないのも事実ですし、どうしたものかしら。ねぇ、カディオ様？」

不気味なほどの静けさを身にまとわせ、一歩一歩近付いていく。

迫力《はくりょく》に圧《お》された彼はほとんど半泣きだ。

そうして、憐《あわ》れな子羊のように怯《おび》えるカディオの前で立ち止まると――ローザリアは不穏《ふおん》な笑みを消した。

「……なんて、冗談《じょうだん》ですわ。わたくしにあなたを怒《おこ》る権利など、ありませんもの」

「ローザリア様……」

感情を映さぬ透徹《とうてつ》とした眼差しに、カディオは目を見開いた。

「あの……」

「戻《もど》りましょうか。このままでは門限に間に合わなくなってしまいます」

口を開きかける彼にあえて気付かぬふりをして、ローザリアは歩き出した。

振《ふ》り返ることなどできなかった。

ミリアとグレディオールは、主人を暖かな部屋で出迎《でむか》えた。

「お帰りなさいませ、ローズ様」

普段《ふだん》の彼女ならば笑顔《えがお》で応《こた》えるはずが、なぜかローザリアはドアの前から動こうとしない。

怪訝《けげん》に思ったミリアはそろりと近付いた。

もしかしたら、何か傷付くような出来事でもあったのかもしれない。

幼少の頃《ころ》から聡明で理知的だった主人であるが、まだ十代の少女なのだ。落ち込むことや悩《なや》むことがあって当たり前だろう。

「……ローズ様？」

悲しみに触《ふ》れぬよう慎重《しんちょう》に声をかけると、ローザリアがゆっくり顔を上げる。

そこには悄然《しょうぜん》とした表情が——微塵《みじん》もなかった。

「ミリア。確か、乾燥《かんそう》がひどいローザンランド王国から取り寄せた温泉水があったわね。それに熱砂の国アバドゥから仕入れた蜂蜜《はちみつ》を練って固めた美容クリーム、月下美人の花から成分を抽出《ちゅうしゅつ》した香油《こうゆ》も。今ここにある基礎《きそ》化粧《けしょう》品、ありとあらゆるものを用意してちょうだい」

「は、はい。……えっと、何を始められるのですか？」

そこにいるのは、恋《こい》する乙女《おとめ》と呼ばれるような生易しいものではなかった。

きらめくシルバーブロンドを背中に払《はら》い、悪辣《あくらつ》に笑む姿は『極悪令嬢《ごくあくれいじょう》』そのもの。

「敵はかなり素晴らしい女性だったわ。わたくしこれから緊急《きんきゅう》で、身も心も磨《みが》き上げる必要があるの。まずは手近でできる美の追求よ。精神の美については追々《おいおい》考えましょう」

ローザリアは、不撓不屈《ふとうふくつ》だった。

燃え上がる主人を見て、優秀《ゆうしゅう》な侍女《じじょ》は諸々《もろもろ》察した。

すぐさま頷《うなず》き収納棚《だな》をひっくり返していく。

「それでこそローズ様です！　他《ほか》にも、泥《どろ》パックなるものもご用意できますよ！　髪《かみ》の艶《つや》が増すと評判のツバキ油も！」

「いいわね。どんどん試《ため》しましょう」

「お待ちください、もしかしたら肌《はだ》に合わない成分があるかもしれませんので、まずは腕《うで》などで少量お試しを――……」

にわかに戦時の最前線のような様相を呈《てい》してきて、ノリについていけないグレディオールは半眼になった。

女性とは、いつの時代どの世界であっても、たくましいものだ。

# 第3話　春霞《はるがすみ》に張り巡らせる糸

寒さが緩《ゆる》み、レスティリア王国にも雪解けの季節がやって来た。

初春に咲《さ》く花が少しずつ綻《ほころ》び始め、固い蕾《つぼみ》から鮮《あざ》やかな色味をささやかに覗《のぞ》かせる。それはまるで、これから訪《おとず》れる彩《いろど》り豊かな季節を予告しているかのようだった。

レスティリア学園の、目立たない校舎裏の一角。

そこに、一人の少年がいた。

彼は下級貴族の出身で、容姿も中身も突出《とっしゅつ》したところのない人間だと自覚していた。

趣味《しゅみ》も貴族にはあるまじき土いじりで、中でも花を育てるのが好きだった。

上辺ばかりを取り繕《つくろ》った会話や厳しい勉強に疲《つか》れた時は、この裏庭の花壇《かだん》の手入れをする。

それが、少年にとって憩《いこ》いの時間だった。

穏《おだ》やかで寛容《かんよう》な家族だけは彼の趣味を認めてくれるけれど、クラスメイトに知られればきっと鼻で笑われる。

なのでこうしてひと気のない場所で、小さな花壇の世話をしていることは誰《だれ》も知らない。

知られてはいけないと、思っていた。

偶然《ぐうぜん》通りかかった、セルトフェル侯爵《こうしやく》令嬢に見つかってしまうまでは。

「あ……」

思いもよらない事態に、咄嗟《とつさ》に言葉が浮《う》かばない。

ローザリア・セルトフェル。かの有名な『薔薇《ばら》姫《ひめ》』であり、『極悪令嬢』。恐《おそ》ろしい噂《うわさ》だけならばいくらでも聞いている。

地味で目立たない自分には、縁遠《えんどお》い存在だと思っていたのに。

嘲笑《あざわら》われ、育ちの悪さをこき下ろされるだけならばまだいい。

けれど、ようやく開き始めた花達を、もしくだらないと踏《ふ》みにじられたら。

セルトフェル侯爵家に逆らえば、吹《ふ》けば飛ぶような弱小貴族など、どうなるか分からない。

両親や、最近生意気になってきた妹に迷惑《めいわく》がかかるかもしれないのだ。

大切な花を守り通せなかったとしても、絶望と共に全《すべ》てを受け入れるしかなかった。

嵐《あらし》に耐《た》えるように固く歯を食い縛《しば》る。

きつく握《にぎ》り締《し》めすぎたせいで、シャベルを持つ手が震《ふる》えた。

けれどローザリア・セルトフェルは、少年が予想するどの行動も取らなかった。

「それらは、あなたが育てているの？」

「……え？」

質問の意図が分からず、何も返すことができなかった。

彼女のアイスブルーの瞳《ひとみ》が、背中に隠《かく》した花壇の花々に移る。

そして、ゆっくり氷が解け行くように、微笑《ほほえ》んだのだ。

「きっと、綺麗《きれい》に咲くのでしょうね」

その、美しさといったらなかった。

シルバーブロンドを肩口《かたぐち》でサラリと揺《ゆ》らしながら、僅《わず》かに首を傾《かたむ》けて。雪原に咲くプリムラの花のごとく可憐《かれん》な唇《くちびる》に、清らかな笑みを浮かべて。

冷たいと決め付けていたアイスブルーの瞳は、まるで彼の大好きなネモフィラのように優《やさ》しく、神秘的だった。

「満開になったら、また来てもいいかしら?」

「は、はい。もちろんです……」

「ありがとう。楽しみにしているわ」

そうして、彼女は去っていく。ピンと伸《の》びた背筋すら美しい。

風になびくシルバーブロンドは気高い花のようでありながら、蜜《みつ》を求めて舞《ま》う蝶《ちょう》のようでもあるような。

「あれが、ローザリア・セルトフェル様……」

少年はしばらく、ただひたすら放心していた。

校舎裏を通り過ぎ、目的地である中庭へと向かう。

ローザリアは生まれて初めて、友人との昼食というものに誘《さそ》われていた。準備を万端《ばんたん》に済ませたいと彼女自身が熱弁したため、同じクラスだというのにわざわざ時間をずらして向かっている。

まだ少し肌寒《はださむ》い時季だけれど、屋外で食事をするという初めての経験に興奮気味なので全く気にならない。心持ち足取りも軽かった。

少なくとも、一人寂《さび》しく特別席で食事を取るよりずっといい。

「あ、ローザリアさん！」

春になれば花盛りとなる日当たりのよい中庭に、快活な声が響《ひび》いた。

元気いっぱい手を振《ふ》っているのは、ルーティエだった。

紅茶や配膳《はいぜん》の準備をしているのは、おなじみ彼女の取り巻き達。アレイシスとジラルド、そしてフォルセだ。

最近は特に、一人きりでの昼食が続いていた。

そんなローザリアのためにルーティエが企画《きかく》したのが、今日のピクニックランチだ。

現役執行部員《げんえきしっこうぶいん》であるフォルセもちゃっかり参加できているが、レンヴィルドは近付く卒業式に向けて在校生代表の送辞を任されているため特別多忙《たぼう》らしい。

とはいえそんなフォルセも、忙《いそが》しい中無理やり時間をひねり出しているだろうことは容易に想像がつく。

なぜなら今日の昼食は、全てルーティエの手作りなのだ。

メインはトマトやレタスやハム、チーズを挟《はさ》んだ色とりどりのサンドイッチで、茹《ゆ》で玉子《たまご》や鶏肉《とりにく》、ベーコンなど食べ応《ごた》えのありそうなものもたっぷり用意されている。

揚《あ》げた鶏肉やマッシュポテトのようなもの、ドレッシングで和《あ》えたブロッコリーなど、付け合わせも充実《じゅうじつ》していた。

黄色いものはオムレツのように見えるが、やけに形が整っている。何かが綺麗に巻かれているし、珍《めずら》しい料理のようだ。

「こんなにたくさん作ってくださったのね。見たことないものばかりだわ」

「そうだね！　こっちのせか……じゃなかった、貴族の人達は知らないものばかりかも！」

ルーティエが慌《あわ》てて誤魔化《ごまか》したのは、おそらく前世で一般《いっぱん》的な食べものだからだろう。確かに、サンドイッチにこれほど様々な具材を挟む調理法は聞いたことがない。

「これはベーコンとコーンのポテトサラダでね、これはほうれん草とチーズを巻いた玉子焼きだよ！　お口に合うか分からないけど！」

前世の彼女はほとんど病院にいたらしいので、料理を嗜《たしな》むようになったのはこちらの世界に転生してからのはずだ。

パン屋を営む両親とは、今も良好な関係を築けているのだろうか。

はにかんで笑うルーティエに何か答える前に、猛烈《もうれつ》な勢いで男性陣《じん》が割り込んだ。

「全部すげぇうまそうだよ！　きっといい奥さんになるんだろうな！」

「ルーティエ先輩《せんぱい》の作ったものなら、おいしいに決まってます！」

「家庭料理というものだね。とても楽しみだな」

彼らから漂《ただよ》う必死感に呆《あき》れてしまう。好きという気持ちを隠そうともしていない。

――わたくしもそれくらいの情熱を、見せるべきなのかしら……。

あれから十日ほどが過ぎたけれど、ローザリアは未《いま》だにカディオのことを避《さ》けていた。

みんなで集まっている時は、レンヴィルドやルーティエに心配されないよう、今まで通りに接している。

ただ、以前のようにローザリアから二人きりになろうとはしないだけ。積極的に話す機会を作らないだけ。

それだけで、自然と距離《きょり》が開いてしまった。

ローザリアが歩み寄る努力をしなければ、その程度の関係だった。

ただ、それだけ。

そんな事実にすら胸をざわつかせずにいられないのだから、本当に浅ましく身勝手な人間だと我ながら思う。

時折カディオが、何か言いたげにしていることは気付いている。

それをあえて無視しているのは、子どもっぽい独占欲《どくせんよく》だ。

ローザリア以外いらないと言わせたい。必要とされたい。同じ熱量で見つめてほしい。過去のどの女性よりも、特別でありたい。

――何て、幼稚《ようち》な発想。追いかけて捕《つか》まえてほしいだなんて。

だから、レイリカのような成熟した女性に劣等感《れっとうかん》を刺激《しげき》される。

――もっと。もっと綺麗になれば、自信を持って向き合える。きっと……。

過去の『カディオ・グラント』と、今の彼は別人格だ。分かっているのに。

カディオとレイリカが仲睦《なかむつ》まじくしている幻想《げんそう》が、振《は》り払えない――。

「ローザリアさん？」

名前を呼ばれ、ようやく物思いから覚める。

焦《あせ》って顔を上げると、ルーティエの静かな瞳とぶつかった。

今のローザリアを見て、彼女はどう思うだろう。咄嗟に浮かんだのは不安だった。

身勝手で、利己的で、ずるい。

こんなにも醜《みにく》い自分を、知られたくなかった。

内心怯《おび》えるローザリアに、ルーティエはただ笑った。いつも通りの無邪気《むじゃき》さで。

「さぁ、食べよっか」

彼女の号令がかかったその瞬間《しゅんかん》、アレイシス達が一斉《いっせい》に動き出した。

ルーティエの手作り料理を巡《めぐ》る熾烈《しれつ》な争いは、水面下で白熱していく。

優雅《ゆうが》に振る舞っているつもりだろうが料理に伸ばすフォルセの手は残像が見えるほど素早《すばや》いし、アレイシスが全種類を制覇《せいは》しようとしているのは明らかだ。

ジラルドだけが、二人の勢いに気圧《けお》されオロオロしていた。

するとルーティエが注意を飛ばす。

「コラ、駄目《だめ》でしょ二人共！　みんなで仲良く食べるために作って来たんだからね！　独り占《じ》めするようならあげないよ！」

「ごめんね、つい……」

「悪い」

慌てて謝る両者を尻目《しりめ》に、ジラルドは悠々《ゆうゆう》と料理を取り分け味わっている。

そこに先ほどの怯えた様子はなく、全《すべ》てが彼の抜《ぬ》け目ない計算だったと分かった。

こんなところで次期宰相《さいしょう》候補らしさを発揮してどうすると言いたい。

あからさまな彼らを見ていると己《おのれ》の行動を省《かえり》みて苦い気持ちにもなるけれど、それ以上にちっぽけな悩《なや》みなどどうでもよくなる。

ローザリアは苦笑《くしょう》を漏《も》らすと、自らもサンドイッチに手を伸《の》ばした。

せっかくルーティエが考えてくれたピクニックランチを、楽しまないでどうする。

サンドイッチを頬張《ほおば》ると、苦笑は驚《おどろ》きに変わった。

瑞々《みずみず》しいレタスの歯応えと、完熟トマトの旨《うま》み。塩気の強いジューシーなベーコンと、濃厚《のうこう》なチェダーチーズ。パンにたっぷり塗《ぬ》られたマスタードマヨネーズがそれらをまとめあげつつしっかり主張している。

そして何より驚いたのが、耳までフワフワの柔《やわ》らかいパンだ。

しっとりとしていて、噛《か》めば噛むほど小麦の甘みが口いっぱいに広がる。同時に、黒胡麻《くろごま》の香《こう》ばしさが鼻を抜けていった。

「——おいしい。パンに練り込まれている黒い粒《つぶ》は、胡麻だったのね」

「当たりー！　うちの人気商品なんだー」

「すごいわ。ルーティエさん、料理がお上手なのね」

「やだな、照れるよー！」

彼女は軽く流しているが、本当にお世辞抜きでおいしかった。

ポテトサラダのベーコンも一度カリカリになるまでフライパンで焼いてあるし、パンに塗るものもバターやクリームチーズなど、挟む具材によって種類を変えていた。

玉子焼きも、中心に巻かれたほうれん草からはバターと塩コショウの風味がする。別で下味を付けてしっかり炒《いた》めているのだ。

何より、一つ一つが手間を惜《お》しまず丁寧《ていねい》に作られていると分かる。

だからこそ、ルーティエの真心が伝わるのだろう。

宮廷《きゅうてい》料理とは全く異なる、食べるだけで元気がもらえる料理だ。

男性陣に負けない量を平らげた頃《ころ》、ローザリアはすっかり笑顔《えがお》に変わっていた。

「満足ですわ……。ご馳走《ちそう》さまでした」

食器やランチボックスの片付けはアレイシス達に任せ、紅茶を飲みながら一息つく。

吹《ふ》き抜ける柔らかな風が前髪《まえがみ》を揺《ゆ》らした。

「よかった。ちょっと作りすぎちゃったかなって思ってたけど」

「そうね、少なくてもよかったかしら。あればあるだけ食べてしまいそうだもの」

「何それ最高の褒《ほ》め言葉」

カップで指先を温めながら、ルーティエも嬉《うれ》しそうに笑う。

「――元気が出たなら、よかった」

風に乗せるように、彼女がそっと呟《つぶや》く。

湖面のように凪《な》いだ瞳《ひとみ》が、ローザリアを見つめていた。

「最近ずっと、何か悩んでるようだったから」

「あ……」

やはり、気付かれていたのだ。このどうしようもない醜さを。

ローザリアは恥《は》じ入るように俯《うつむ》いた。

けれどルーティエの眼差《まなざ》しはどこまでも透明《とうめい》で、優《やさ》しい。

「はじめはね、悩みがあるなら何でも相談してくれればいいのにって思ってたんだ。でも私は貴族じゃないから、聞いたところで理解できないかもしれないって気付いたの。だったら、他《ほか》に何ができるかなって」

手元の紅茶を見つめるルーティエの横顔は、綺麗《きれい》だった。

一点の曇《くも》りもない眼差しは、彼女が無邪気なだけの人間ではないと語っているようだ。凛《りん》として、可憐《かれん》。アレイシスらはきっと、この強さに惹《ひ》かれているのだろう。

「私は単純だから、おいしいものを食べると元気になるんだ。それと、友達と騒《さわ》ぐのも好き。こんなことしかできないけど、少しでもローザリアさんの気分が晴れたら、嬉しいな」

翡翠色《ひすいいろ》の瞳をこちらに向け、ルーティエは微笑《ほほえ》んだ。

春の訪《おとず》れを感じさせる風に、彼女のストロベリーブロンドがなびく。

柔らかな日差しにキラキラと光る笑顔が、絵画のように美しい。けれどルーティエの躍動的《やくどう》な美は、時間を止めてしまうのが惜しいとも感じる。

束《つか》の間見惚《みと》れていると、彼女は好奇心《こうきしん》いっぱいの表情になってローザリアににじり寄った。

「ねぇねぇ。ところでずっと思ってたんだけど、ローザリアさん綺麗になったよね」

「はい？」

首を傾《かし》げるローザリアに構わず、彼女はシルバーブロンドの毛先に触《ふ》れた。

「何これ髪《かみ》も肌《はだ》も艶々《つやつや》！」

「まぁ……。この頃《ごろ》、美容に力を入れているので」

美容に関することなら手当たり次第試《しだいため》しているので、髪も肌も日々艶を増している。指先まで抜かりなかった。

それも全て、貴族のあれこれとは程遠《ほどとお》い悩みから派生した行動だと思えば、ローザリアは居たたまれない。真っ直《す》ぐな眼差しが刺《さ》さりすぎる。

「うわぁ、爪《つめ》までピカピカ……神々《こうごう》しすぎる！　女神様《めがみさま》みたい！」

ルーティエの発言には全肯定《ぜんこうてい》が基本姿勢のジラルドも、これには苦笑いだった。

「女神って、それはさすがに言いすぎじゃないですか？」

ところが十年来の付き合いであるアレイシスとフォルセは、後輩《こうはい》とは異なる反応を見せた。

神妙《しんみょう》な面持《おもも》ちになってローザリアをまじまじと眺《なが》める。

「まぁ……綺麗になったよな。前よりさらに」

「そうだね。肌もまるで、内側から光っているみたいだ」

庇《かば》ってくれる気持ちは嬉しいが、無理やり褒められても決まりが悪い。

優しい義弟《おとうと》と幼馴染《おさななじ》みから、ローザリアはそっと目を逸《そ》らした。

「……変わりたいと、思ったの」

彼らの前で情けなく弱音を吐《は》くのは、初めてのことかもしれない。

ルーティエの前向きな言葉に、優しさに、少なからず感化されているようだ。

「それなのに、気ばかり焦《あせ》ってしまって。外皮だけ磨《みが》いても意味がないことは分かっているのだけれど、わたくしには知識以外何もないから」

「外皮って、身も蓋《ふた》もなさすぎるだろ」

すかさずアレイシスから訂正《ていせい》が飛んだ。さすが、長い付き合いだけある。

特に慰《なぐさ》めなどは期待していなかった。抽象《ちゅうしょう》的すぎて、彼らも感想に困るだろう。

けれど、意外なところから返事があった。

「お前が、何も持っていないはずないだろう」

不快げに眼鏡《めがね》を持ち上げてこぼすのは、ジラルドだった。

「知識もさることながら、優《すぐ》れた容姿に高い地位、信頼《しんらい》できる使用人、心配してくれる義弟も幼馴染みも友人もいる。これ以上何が必要だと言うんだ！」

「ジラルド様……」

「大体、お前は次期宰相候補との呼び声高いこの僕の目標なんだぞ！　そのお前がそんなふうに落ち込んでいたら、調子が狂《くる》うだろうが！」

鳶色《とびいろ》のややつり上がった瞳が、ローザリアを貫《つらぬ》くようだった。強い意志の込められた眼差しはあまりに潔《いさぎよ》い。

彼は、出会った頃から変わらない。

陰《かげ》で悪口を囁《ささや》かれるより、はっきりと敵意を向けられる方がどれだけ小気味よいか。

ローザリアは、ゆっくりと口角を緩《ゆる》ませた。

「……ありがとうございます、ジラルド様」

謝意を告げると、ジラルドは真っ赤になってそっぽを向いた。

「べ、別に僕は、お前を慰めるために言ったわけじゃ――……」

「まさかジラルド様がわたくしの容姿を褒めてくださるなんて思いませんでしたわ。それに、次期宰相《さいしょう》候補との呼び声高いなどと自称《じしょう》なさるなんて」

「……へ」

彼が呆気《あっけ》に取られている間に、淀《よど》みなく続ける。

「ところでわたくしが少々気になったのは、『お前』呼ばわりされることです。あなたが真の紳士《しんし》ならば、無礼であることくらいお分かりですわよね？」

「なっ、」

「これからは、どうぞ『ローザリア』と」

貴族としての体裁《ていさい》をちらつかせ、ニッコリと微笑みを押し付ける。

すると彼は悔《くや》しそうにしながらも、ゆっくりと口を開いた。

「ロ、ロ、ローザ……」

ジラルドの唇《くちびる》は戦慄《わなな》き、顔も茹《ゆ》でたように赤い。

それでも制止はしないでいると、限界を超《こ》えたのか彼は髪を振《ふ》り乱しながら絶叫《ぜっきょう》した。

「クソ、呼べるかー!!」

「あら、はしたない」

彼の勢いで紅茶に被害《ひがい》が及《およ》びそうだったので、サッとティーカップを脇《わき》によける。

ローザリア達のやり取りにルーティエはクスクス笑い、アレイシスとフォルセは何やらしみじみと頷《うなず》きつつジラルドの肩《かた》を叩《たた》いて励《はげ》ましていた。

馬鹿《ばか》馬鹿しい賑《にぎ》やかさに、ローザリアも心が軽くなって笑った。そうしてふと、あるものを持ってきていたことを思い出す。

鞄《かばん》の中にしまっていた純白の箱をルーティエへと差し出した。

「ルーティエさん。これは、以前にいただいた組み紐飾《ひもかざ》りのお礼よ。今日のランチの分だけ、また恩が増えてしまった気もするけれど」

「……え、えぇぇええ!? そんな、いいんだよ恩なんて!」

きょとんと目を瞬《またた》かせていたルーティエが、にわかに狼狽《うろた》えだす。

それでもローザリアが引かずにいると、興奮冷めやらぬ様子で受け取った。

「うわ、うわぁ、嬉しい、どうしよう! 私が勝手にしたことだから恩とかお返しとか本当にいいんだけど、でも、すごく嬉《うれ》しい！　開けてみてもいい!?」

はち切れんばかりの笑顔《えがお》を向けられ、何だかローザリアの方が恥ずかしくなってくる。若干《じゃっかん》視線をずらしつつ、小さく頷き返した。

お礼であってプレゼントではないので、過剰《かじょう》な包装はしていない。シンプルな立方体に近い箱を、ルーティエが待ちきれないといった手付きで開ける。

誰《だれ》かに贈《おく》りものをした経験が圧倒的《あっとう》に少ないローザリアは、やや緊張《きんちょう》しながらルーティエの反応を見守った。

「うわぁ……！」

黒いクッションに収められているのは、万年筆のインクだった。

コロンと丸みを帯びた蓋には繊細《せんさい》なカッティングが施《ほどこ》され、まるで香水《こうすい》の瓶《びん》のよう。

凝《こ》った細工のわりには手頃《てごろ》な値段だし、消耗品《しょうもう》だからもらって困るということもない。インクの色は、シンプルで飽《あ》きのこないブルーグレーを選んだ。

「そのインク、花の香《かお》りがするのよ」

「ええ？　わぁ、本当だ！　不思議！　素敵《すてき》！　こんなのもらっちゃっていいのかな!?」

「差し上げたのだから返されても困るわ。……ちなみにわたくしも、同じものを買ったわよ」

「わぁぁんっ！　しかも念願のお揃《そろ》い！」

ルーティエはそっと取り出したインク壺《つぼ》を、大切そうに抱《かか》えた。

宝物を手にした子どものような反応にホッと息をつく。

「ありがとう！　大事にするね！」

「いえ、使わなくては意味がないでしょう」

あまりに目映《まばゆ》い笑顔を向けられ、じわじわと頬《ほお》が熱くなる。ローザリアは気恥《きは》ずかしさを紛《まぎ》らわすために唇を尖《とが》らせた。

すると、なぜかアレイシスとフォルセがガックリと項垂《うなだ》れる。

「君って本当に心から好きな相手には、そんな感じになるんだね。一応元婚約《こんやく》者なのに、一度も見たことないとか……」

「何か色々と衝撃《しょうげき》的で、今さら胸が痛《いて》ぇ……」

胸を押さえて震《ふる》える二人に、今度はジラルドが力強く肩を抱《だ》いた。何の一体感だ。

男性陣《じん》の不審《ふしん》な挙動に首を傾げていたルーティエだったが、しばらくすると興味をなくしたのかローザリアを振り向いた。

「そういえばこの学園、冬休みがないんだね。連休になったらローザリアさんとどこかに遊びに行こうと思ってたのに」

冬期休暇《きゅうか》、というのはレスティリア学園だけでなく、どこの学校を探しても見つからないはずだ。彼女はまた不用意に前世での経験を暴露《ばくろ》しているのだろう。

ローザリアはそっと息をつくと、レスティリア王国での常識を語った。

「冬だけでなく、夏も秋も長期休暇などないわよ。例外は春期休暇だけれど、これもあくまで新年度への調整のために設けられたものだから一週間程度しかないわ」

ルーティエはやたらと悲愴《ひそう》な顔付きになって叫《さけ》んだ。

「えぇー⁉ 何でそんなにお休みないの⁉」

「逆に訊《き》きますけれど、なぜそんなに休めると思っているのかしら」

将来国を背負って立つ人材を育成しているのだ。たっぷり休めると思う方がおかしい。

それでも彼女は唇を尖らせながら言い張った。

「だって、夏は暑いでしょ？ 勉強してても効率悪いから休むの。冬も寒いから同じ理由で勉強なんてしてられないでしょ？」

「何ですかそのどこかの南の島の子ども達のような休み方は。風が吹《ふ》けば遅刻《ちこく》して、雨が降れば欠席するつもりですか」

ルーティエが思わずといったふうに噴《ふ》き出した。

「前からたまに思ってたんだけど、ローザリアさんってそういう知識どこから仕入れてるの？ それともそういう島や大王がこっちにも実在するの？」

「そのように変わった人物が、そう何人もいるはずないでしょう。これらは、わたくしの従者から聞きかじっているの。本人いわく、時空を超越《ちょうえつ》する存在らしいから。とはいえグレディオールは選《え》り好みが激しいから知識に偏《かたよ》りがあるのが難点だけれど」

「あぁ、何か分かる。真面目《まじめ》な顔して独特なことばっかり言うから、いつも笑いを堪《こら》えるのに必死だったんだー」

「え、そんなに独特かしら？」

「相当。わざと面白《おもしろ》いことだけ教えてるのかもね」

あれで案外茶目《ちゃめ》っ気があるから、ルーティエの予想もあながち間違《まちが》ってはいないかもしれない。ローザリアが異世界の単語を口にするたび無表情の陰で笑っていたのか。

彼の話を聞くのは面白いが、今後多用は控《ひか》えるべきか。

真剣《しんけん》に悩《なや》んでいると、ルーティエがポツリと呟《つぶや》いた。

「……それが本当に私のいた世界なら、グレディオールさんには私の家族が今どうしてるか、見えるのかなぁ」

「ルーティエさん……」

かける言葉が見つからなかった。

彼女から、数年前に転生したという話は聞いている。

治る見込みのない病気を抱え幼い頃《ころ》から入院していて、ほとんど外出を経験しないまま亡《な》くなってしまったのだと。

けれど転生前の家族については、何一つ聞かされていないことに気付く。

この世界での暮らしも長く、順応しているように見えたから、さほど気に留めていなかった。

それこそ、年数の浅いカディオばかり心配していた。

何もかもを失う痛みが、ほんの数年で癒《い》やされるはずもないのに。

「こっちでのお父さんもお母さんも、優《やさ》しいよ。前世を思い出してから私は相当変わっちゃったと思うけど、それでも大切にしてくれる。――でも、あっちでのお父さんとお母さんも、すごく優しかったんだぁ……」

彼女の儚《はかな》い笑みは寂《さみ》しげというより、懐《なつ》かしさと慕《した》わしさに彩《いろど》られているようだった。

相談するあてもなく、無理やり悲しみを乗り越《こ》えたために、置き去りにされてしまった感情があるのかもしれない。

その時、しんみりした空気を裂《さ》くようにアレイシスが叫んだ。

「だから！　俺はルーティエ一筋だって言ってんだろーが！」

ローザリアは呆《あき》れて半眼になった。

その意中の女性の胸中も知らず、一体何の宣言なのか。

けれどなぜか、ルーティエはクスクスと楽しそうだ。

「簡単には忘れられないけど、元気でいられるのはあの三人のおかげでもあるんだ。また甘ったれたことを言って怒《おこ》られるかもしれないけど、彼らに好きって言ってもらえると、ここにいていいんだって安心するの」

彼女の視線を追って男性陣を眺《なが》める。

転生後の『ルーティエ』を好きになった三人。

甘ったれなんてとんでもない。

以前と異なり現実を受け入れた彼女は、ウジウジ悩んでいる今のローザリアよりもずっと強く、眩《まぶ》しく映った。

ルーティエが朗《ほが》らかに笑う。

「またいつか、思い出話でも聞いてくれる？」

「えぇ。必ず」

約束を交《か》わし、微笑《ほほえ》み合う。

優しい時間はゆったりと流れていった。


翌日の放課後。

一人図書館を歩いていると、机に向かっている男子生徒の姿を見つけた。

春めいた日差しが窓際《まどぎわ》の席を暖かく照らし、ポカポカと気持ちよい日和《ひより》。だというのに彼は頭を抱え、わき目も振《ふ》らずに集中している。

背中を丸めて必死に難問に取り組む姿は、幼い頃のアレイシスを彷彿《ほうふつ》とさせた。

養子として引き取られたばかりの頃、彼もよく勉学に行き詰《づ》まって四苦八苦していた。

何だか懐かしく思えて、そっと近付く。

「……こちらは、また別の公式が必要になるのでは？」

「えっ、あ」

驚《おどろ》いたように顔を上げる男子生徒に、ローザリアは笑顔《えがお》を返した。

「ほとんど自力で解けているのに、横から余計な口出しをしてしまって申し訳ございません。失礼いたしました」

邪魔《じゃま》にならないよう側《そば》を離《はな》れ、そのまま返却口《へんきゃくぐち》へと向かう。

最近は時間を持て余しぎみということもあり、創作小説などを読むようになっていた。

結局空想にすぎないのだから現実に戻《もど》れば虚《むな》しいばかりだと思っていたけれど、自由を知った今なら純粋《じゅんすい》に楽しめる。少々子どもっぽいが騎士《きし》物語も好きだ。

次は幼い頃に挫折《ざせつ》した恋物語《こいものがたり》でも読んでみようか。

思案していると、進行方向の先で見知った人物が書架《しょか》に寄りかかっていた。

「あら、お行儀《ぎょうぎ》が悪いですわよ」

「あなたこそお行儀がよすぎるようだけれど、一体どうしたの？」

間髪《かんはつ》を容《い》れずに返してきたのは、レンヴィルドだった。

彼がチラリと送る視線をたどると、先ほど話しかけた男子生徒がまだこちらを見ていた。あのやり取りを見られていたらしい。

彼は王弟殿下《おうていでんか》と目が合った途端《とたん》飛び上がり、慌《あわ》てて机に向き直っている。

「お気の毒」

「それもこちらの台詞《せりふ》だよ。今までどれほど噂《うわさ》をされても周囲に無関心だったあなたが、どういう風の吹き回しなのかな？」

「あら。人に優しくすることは咎《とが》められるほどの罪悪なのかしら？」

「では城下で何かを調べ回るのも、あなたが言うところの善行なのかい？」

カディオから、二人で出かけた時の様子でも聞いているのだろう。

騎士であるからには報告の義務があるし、それ自体は構わない。けれど。

「……レンヴィルド様？」

いつも通りの、皮肉の言い合い。

そのはずだったのに、レンヴィルドの表情がやけに硬《かた》いことに気付いた。

「もしや何か、怒っていらっしゃいます？」

抑《おさ》えているつもりなのだろうが、まとう空気がいつもよりどこか刺々《とげとげ》しい。感情の制御《せいぎょ》に長《た》けたレンヴィルドのこんな姿は初めて見る。

ローザリアの問いを、彼はややぞんざいに首を振って否定した。

「怒ってなどいないよ。ただ、あなたが何を考えているのか分からない。それだけだ。私の与《あずか》り知らないところで何かあったらと思うと気が気じゃ――」

まくし立てるような言葉を途切《とぎ》らせ、レンヴィルドが我に返る。

そして、ゆっくりと顔をしかめた。瞳《ひとみ》には苦々しさが浮《う》かんでいる。

「……いや、忘れてくれ。感情的になりすぎた」

「とんでもないことです」

半ば呆然《ぼうぜん》と答えつつ、ローザリアの頭は全速力で稼働《かどう》していた。

レンヴィルドが何に対して怒ったのか、さっぱり分からない。

他人に優しくしたことを本気で咎めているはずがないので、裏で何か嗅《か》ぎ回られることが気に入らないのだろうか。

今までの彼ならば、何をしでかすか分からないと、困りながらも笑っていたのに。

――疲《つか》れているせいかしら？　それとも何かやましいことがあって、わたくしの行動のどれかしらが、彼にとって都合が悪い？

調べるといっても、ルーティエへの贈《おく》りものを選ぶついでに暴行事件の現場を覗《のぞ》いてみただけだ。それもレイリカと遭遇《そうぐう》したことによってほんの僅《わず》かだけ。

――確かに気になる点はあったけれど……。

混乱と胸のざわつきを、とりあえずローザリアはきっぱり封《ふう》じることにした。

完璧《かんぺき》な笑みで表情を飾《かざ》り、この場を切り抜《ぬ》ける。

「先ほどのご質問にお答えいたしますわね。ネガティブキャンペーンはわたくしの性《しょう》に合わないので、ポジティブキャンペーンを行っている。ただそれだけのことですわ」

「ネガ……？　何だいそれは」

「あぁ、失礼いたしました。つい従者の言葉が移ってしまいましたわ」

グレディオールが時折口にする単語は、こちらの世界に存在しないものだ。しかも多用は控《ひか》えようと考えたばかりなのに。

「簡単に言いますと、よい人間を演じることによって利益を得る、ということです」

「その身も蓋《ふた》もない解釈《かいしゃく》で合っているのかはなはだ疑問だけれど、それよりも今さら感がどうしても拭《ぬぐ》えないのはなぜだろう」

「あら。わたくしだって心を入れ換《か》えることくらい、ありますのよ。――それでは、こちらで失礼させていただきますわね」

いかにも胡散臭《うさんくさ》げなレンヴィルドの視線をヒラリとかわすと、ローザリアは出入り口に向かって歩き出した。

「……あ、」

引き留めるように上げかけたカディオの声も、気付かなかったふりをする。

弱りきった表情にも、伏《ふ》せられた瞳にも。

何も借りないまま図書館を出てしまった。手痛い失敗だが今回は仕方がない。

いつもとどこか様子の異なるレンヴィルド。寂《さみ》しげなカディオ。彼らの顔が、まだ頭の中をちらついている。

今まで、対人関係で悩《なや》んだことなどなかった。

だから、こんなにもうまくいかない。自分の感情の制御すらままならない。

わだかまりを抱《かか》えて廊下《ろうか》を歩いていると、前方にフォルセがいることに気付いた。

「ごきげんよう、フォルセ」

「あぁ、ローザリア」

立ち止まり振り返る彼に、元婚約者《こんやく》というぎこちなさはもうない。

「こちらにいるということは、図書館帰りだね？」

「ええ。そういうあなたは、これから執行部員《しっこうぶいん》としてお仕事かしら？」

フォルセが抱える書類のファイルを見下ろしながら問い返す。図書館の近くには、確か執行部室の入る校舎があった。

「選挙の準備が大詰《おおづ》めな上、卒業式に入学式。最近はまた輪をかけて忙《いそが》しそうね。ルーティエさんといる時間もずいぶん減ってしまったのではない？」

「そうだね、って君に言っていいのか悩むところだけれど。猫《ねこ》の手も借りたいくらい忙しいのは事実だよ」

おどけたように肩《かた》をすくめるフォルセに、ローザリアはここぞとばかりに迫《せま》った。

「では、わたくしの手を借りるのはいかが？　簡単な雑用くらいであれば、重要書類に触《ふ》れることもございませんし」

「いや、そういうわけにはいかないよ。そもそも役員以外、執行部室は立ち入り禁止だし」

困ったように手を振《ふ》る彼に、ローザリアは目を伏せた。

「そうよね……。今日は何となく一人になりたくなくて、お仕事の手伝いでもしていれば気が紛《まぎ》れると思ったのだけれど」

泣き落としにかかるも、そこはさすが幼馴染《おさななじ》み。あっさり騙《だま》されてはくれない。

「寮《りょう》に戻ればミリアとグレディオールがいるじゃないか」

「では、元婚約者のよしみで」

「本当にすぐ切り替《か》えるよね。しかも元婚約者なんだから、むしろ何のよしみもないよね」

言い出す端《はし》から策を封じられ、ローザリアは束《つか》の間口を噤《つぐ》んだ。

ついに切り札を使う時が来たようだ。

「――元はと言えばあなたの身勝手で、婚約を破棄《はき》したようなものなのに」

ボソリと恨《うら》み言を呟《つぶや》けば、彼は頬《ほお》を引きつらせた。

「うわ、それを言われると……でも君だって、僕との結婚《けっこん》を望んでいたわけでは……」

「心変わりをした殿方《とのがた》は途端に冷たくなると聞くけれど、まさか幼馴染みでもあるフォルセがこんなにも変わってしまうなんて……」

追い打ちをかけると、フォルセは苦々しげに白旗を振った。

「……確約できるのは交渉《こうしょう》までだ。許可が下りなかったら諦《あきら》めてくれ」

「もちろんよ。交渉の機会を与《あた》えてもらえるだけで十分。あとは、わたくしが許可をもぎ取るまでだもの」

「自ら交渉するつもりなのかい……」

コロリと豹変《ひょうへん》するローザリアに、彼は頭痛を堪《こら》えるようにこめかみを揉《も》みほぐした。

「ところで君、なぜそんなに執行部室に興味が……」

フォルセが何か言いかけた時、二人の前を歩いていた女生徒が白いハンカチを落とした。

ローザリアは素早《すばや》く動いてその落とし物を拾う。

「落とされましたよ」

振り返った女生徒は、『極悪令嬢《ごくあくれいじょう》』に話しかけられるという想定外の事態に硬直《こうちょく》する。

失礼な反応だが、構わずその手の平にハンカチを握《にぎ》らせた。

「あら。リボンが曲がっておりますわ」

制服を飾るカスタードクリームのような色合いのリボンが、僅かに歪《ゆが》んでいる。

ローザリアは体に触《ふ》れないよう気を付けながら、そっと位置を正した。

『身嗜《みだしな》みは人を映す鏡』と言いますから細部まで手を抜かないように、ね」

小首を傾《かし》げて微笑《ほほえ》むと、若干《じゃっかん》青ざめてすらいた少女の頬に赤みが差した。これも美容の成果だろうか。

ローザリアが再び歩き出すと、隣《となり》に追い付いたフォルセが口を開いた。

「……君が親切だなんて、一体何を企《たくら》んでるんだい？」

「人聞きが悪いわね。わたくしが優《やさ》しいのは、それほどおかしなことかしら？」

レンヴィルドといい、なぜ善行を疑うのか。

「答えるつもりはありません。日に何度も同じ説明をするなんて二度手間だもの」

「君ってひどく理不尽《りふじん》だよね」

「ええ。あなたにだけは」

「それをいい意味での特別扱《あつか》いだと思っていたのだから、昔の自分が嘆《なげ》かわしいよ……」

フォルセの長々としたため息が廊下に響《ひび》いた。

彼に案内され、階段を上る。

この棟《とう》は教科準備室が多いため、生徒の出入りはほとんどないようだ。ざわめきが一気に遠ざかっていく。

二階には、各委員会の委員長や執行部員が集まるための大会議室、風紀委員室が並び、執行部室は突《つ》き当たりにあった。

教室と大差ない簡素な扉《とびら》に手をかけると、フォルセが振り返って念を押す。

「くれぐれも、みんなに迷惑《めいわく》をかけないように」

「しつこいわよ、フォルセ」

「言っても無駄《むだ》なことは百も承知だけど、せいぜいこちらの気休めにはなるからね」

それは、ローザリアが迷惑をかける前提で心の準備をしているということだろうか。

重要書類は絶対見ないと約束しているのに、つくづく失礼な幼馴染みだ。

フォルセが扉を開く。

内装も、想像以上に事務的だった。

部屋の中央に向かい合って並ぶ四つの机と、窓際《まどぎわ》のやや大きめな机。位置関係的に、おそらく窓際が執行部長の席だろう。

書架《しょか》にはズラリと並んだファイルや紙の束が。机を挟《はさ》んだ反対側には応接用か休憩《きゅうけい》用か、ソファも設置されていた。

執行部員に選出されるのは、代々王族や高位の貴族が多い。

その分さぞ優遇《ゆうぐう》されているのだろうと想像していたが、思いの外飾《かざ》り気のない室内だ。

そんな質実剛健《しつじつごうけん》とも言える部屋には、一人だけ生徒がいた。

「あら。ごきげんよう、カラヴァリエ様」

「セルトフェル嬢か。どうしてここに？」

書架の前でファイルを開いているのは、デュラリオン・カラヴァリエだった。普段《ふだん》は着けていない眼鏡《めがね》をかけている。

フォルセが肩をすくめながら嘆息《たんそく》した。

「すまないね、デュラリオン。彼女がどうしてもついて来たいと聞かなくて」

「不躾《ぶしつけ》な訪問、大変申し訳ございません。何かに没頭《ぼっとう》していたいと悩んでおりましたところ彼に出会い、我が儘《まま》を申してしまいました」

ローザリアはフォルセにした時と同じようにしおらしく俯《うつむ》くと、悲しみを堪える素振《そぶ》りで気丈《じょう》に微笑んでみせた。

「決してお邪魔《じゃま》はいたしません。雑用でも何でもいたしますので、どうかほんの少しでもお手伝いさせていただけませんか？」

幼馴染みは引っかからなかったけれど、付き合いの浅いデュラリオンは気の毒そうに凜々《りり》しい眉《まゆ》を下げた。

「そうか。誰《だれ》しも色々な事情があるだろうから深く訊《き》かないが……そうだな。では、小冊子の作成でも手伝ってもらおうか」

「まぁっ！　ありがとうございます！」

大げさに感謝を表現すると、フォルセが物言いたげにローザリアを見つめていた。当然無視させていただく。

案内されたのは、書類が積まれた机の前だ。

選挙に関するプリントを五枚ずつ束にして、全校生徒に配るらしい。

内容は来年度の執行部《しっこうぶ》入りが内定している者達の抱負《ほうふ》や、空席の庶務《しょむ》に推薦《すいせん》されている何名かの候補者の名前。推薦に必要な条件、そして選挙の方法と開催《かいさい》される日時。

最も多く票を集めた者が採用される方式であることも、不正を妨《さまた》げるために執行部員が開票作業にあたることも、周知の事実。

秘匿《ひとく》すべき内容ではないので、関係者以外が見ても確かに問題なさそうだ。

プリントを丁寧《ていねい》に重ねていき、クリップでまとめる。

地味な作業をローザリアは文句も言わずこなした。

レンヴィルドやアレイシスが提出していたらしい就任についての抱負を流し読みしながらだったので、意外と退屈《たいくつ》しない。

黙々《もくもく》とそれぞれの作業をする中、フォルセが席を立ったのは日が傾《かたむ》き始めた頃《ころ》だった。

「そろそろ暗くなってきたし、今日はこの辺りにしておかない？　ローザリアもあまり遅《おそ》くなると、グレディオール殿《どの》達が心配するよ」

明かりを点《つ》けながら問いかける彼に、デュラリオンは壁掛《かべか》け時計を確認《かくにん》してから頷《うなず》いた。

「そうだな。寮まで近いとはいえ、か弱い令嬢に夜道を歩かせるわけにはいかない」

「か弱いかどうかはさておき、一人で帰すわけにもいかないからね。僕は図書館に返却《へんきゃく》する本があるから、しばらく待っていてほしいのだけど」

一般的《いっぱん》な令嬢達とごく自然に区別するフォルセへの文句は笑顔《えがお》で呑《の》み込み、ローザリアは成り行きを見守った。

話し合いの末、彼が図書館から戻《もど》るのを待つ間デュラリオンと休憩することになった。

紅茶を淹《い》れるために立ち上がったローザリアだったが、デュラリオンにソファ席を勧《すす》められる。何と彼が手ずからもてなしてくれるらしい。

座り心地《ごこち》のいいソファから、デュラリオンの動作を眺《なが》める。伯爵《はくしゃく》家を継《つ》ぐ身でありながら、至極慣れた手付きだ。

湯を沸《わ》かしている間にカップを用意し、ポットに茶葉を入れる。きっちりスプーンで計量するのが彼らしかった。

カップを温めていると、デュラリオンはポツリと呟《つぶや》いた。

「関係は、良好のようだな」

フォルセとのことを指しているのだと、すぐに理解して微笑む。

「わたくし達は、円満破談ですので。カラヴァリエ様は……」

「デュラリオンで構わない」

何度か言葉を交《か》わしてきて、初めての提案だ。

ローザリアは微笑んで頷いた。

「嬉《うれ》しいわ、未《いま》だにお友達が少ないので。ではわたくしのことも、ぜひローザリアと」

デュラリオンが紅茶を並べ、一人がけのソファに腰《こし》を下ろす。

「もうすぐ卒業式ですわね。皆《みな》さま、そのせいかとてもお忙《いそが》しそう」

「あぁ。だから君が手伝ってくれて、正直とても助かった」

「お力になれたのならよかったです」

執行部の他《ほか》の面々は、卒業式の会場設営に駆《か》り出されているらしい。

「来年度には、デュラリオン様やフォルセが最高学年ですわね。そちらは、ご卒業なさったらすぐにご結婚《けっこん》を？」

問いながら、柔《やわ》らかな湯気が立ち上る紅茶に口を付ける。

ベルガモットの爽《さわ》やかな香《かお》りが鼻を抜《ぬ》け、疲《つか》れた頭がスッキリするようだった。

さすがに口に入れるものは高級品だ。

ローザリアが座るソファも、焦《こ》げ茶色の落ち着いた色合いだが質はいい。

デュラリオンは疲れが溜《た》まっているのか、眉間《みけん》を揉《も》みほぐしながら答える。

「いいや、そもそも俺には婚約者《こんやく》がいないんだ。後見人が、結婚相手くらい自分で探せという持論の人でな」

「後見人とおっしゃると、カラヴァリエ伯爵ですわね。先日、偶然《ぐうぜん》ですけれどお会いする機会がございました」

彼の後見人は、レイリカ・カラヴァリエだ。

デュラリオンの実父亡《な》きあとその才覚により領地をさらに豊かにし、血の繫《つな》がらない子どもを立派に育て上げた傑物《けつぶつ》。

相当絆《きずな》も深いだろうという推量とは裏腹に、彼はひどく渋《しぶ》い顔をした。

「あぁ……すまない。何か迷惑をかけていたのなら、俺が代わって謝ろう」

なぜかデュラリオンは、迷惑をかけている前提で話を進めている。何というか、自らの後見人に対し身も蓋《ふた》もない評価だ。

先ほどのフォルセの口振《くちぶ》りにも似ている気がした。

「意外ですわ。領地を立派に治める素晴《すば》らしい方なので、尊敬しているとばかり」

「尊敬はしているさ。だが遭遇《そうぐう》したなら分かるだろうが、色々破格だろう？」

「それは否定できませんけれど……」

カディオの隣《となり》で笑う姿が浮《う》かび、ローザリアは慌《あわ》ててそれを打ち消した。

「お若いのに、カラヴァリエ領をよりよく発展させていると聞きます。そういえば、デュラリオン様ともお歳《とし》が近いですわね」

前カラヴァリエ伯爵は、現在も生きていれば五十歳になっていたはずだ。

まだ三十代にも達していないだろうレイリカの美貌《びぼう》が脳裏《のうり》をよぎり、かなりの歳の差があっただろうと推測する。

デュラリオンは紅茶を口に含《ふく》むと、ゆっくり嚥下《えんか》した。

「そもそも、完全な政略結婚だったからな。父親は当時四十二歳、あの人とは二十近い歳の差があった。俺や姉との方が歳も近かったくらいだ」

実の父の話をしているはずが、彼の口調はどこか他人事《ひとごと》のようでもある。

「うちは姉が三人いたが、全員既《すで》に他家に嫁《とつ》いでいた。父親が死んだ時、俺はまだ未成年。縁《えん》戚《せき》にも相応《ふさわ》しい人間はいない。彼女が継ぐしかなかった」

その口振りには、後悔《こうかい》がにじんでいる気がした。

レイリカに重責を任せざるを得なかったことに不甲斐《ふがい》なさを感じているのかもしれない。

「領地を経営するには、相当の苦労がおありでしょうね……」

「まぁあの人は、案外楽しそうにやっているけどな。元々政略結婚に嫌気《いやけ》がさして、当てつけに幾《いく》つかの候補から最も条件の悪いカラヴァリエ家を選んだのだと豪語《ごうご》している。幸せにならないことが復讐《ふくしゅう》だとかで」

再婚《さいこん》は一切《いっさい》考えていないらしく、第二の人生を思いきり謳歌《おうか》しているという。

普通《ふつう》ならば幸せになるために結婚するはずが、何とも振《ふ》り切った考えの持ち主だ。

「それは、結構な言い草ですわね。あなたにとっては実のお父様の再婚相手ですのに」

「俺が言うのもなんだが、人間性に問題のある父親だったからな。むしろ再婚相手に選ばれたあの人には同情している」

彼はなぜか頑《かたく》なにレイリカの名を呼ばない。父親に対しても他人行儀《たにんぎょうぎ》だ。

ローザリアは束《つか》の間言葉を探し、そろりと口を開いた。

「……お亡くなりになったお父様のことが、お嫌《きら》いだったのですか？」

デュラリオンはどこか自嘲《じちょう》的な、荒《すさ》んだ笑みを浮かべる。

生真面目《きまじめ》な彼が初めて見せる負の感情だった。

「自分が甘い汁《しる》をすることしか頭にないような人種だった。姉達も政略結婚の駒扱《こまあつか》いをされたようなものだ。突然失踪《とつぜんしっそう》したから国に死亡を認めてもらうのに苦労したが、たとえまだ生きていたとしても俺の目の届かないところにいてくれと願うばかりさ」

彼はひどく冷たい瞳《ひとみ》をしていた。

けれど我に返ったのか、すぐに失態に気付く。

「……すまない。こんな嫌な話をしていたら、紅茶が不味《まず》くなってしまうな」

デュラリオンはぎこちなく立ち上がると、戸棚《とだな》の中を漁《あさ》った。

「確か、前にドルーヴで買ったマカロンがあるはずなんだ。フォルセもまだのようだし、せっかくだから試《ため》してみよう」

「マカロン、ですか」

「悪いか？　含みのある言い方だな」

そうこうしている内にフォルセが戻ってきたため、マカロンはお預けとなった。

フォルセに寮《りょう》へと送られる道すがら、ローザリアはデュラリオンに対する違和感《いわかん》についてずっと考えていた。

真っ直《す》ぐ見つめ合った時、彼がやけに疲れた様子であることに気が付いた。目の下には、うっすらとくまが浮かんで。

忙しいからだろうと思ったが、違《ちが》う。

彼はレンヴィルドに、たびたび大量の仕事を押し付けていた。それなりに忙しいとはいえ、量自体はうまく調節できていたように思う。

ならば一体何に対して疲れているのか。

そしてもう一つが、マカロンはそれなりに賞味期限が近い食べものであるということ。

つまり彼は、ドルーヴに最近も足を運んでいたということだ。

疲れた様子であるのに、遊びに？

頭の中に、様々な顔が思い浮かぶ。彼らの不自然な行動。散らばる情報の断片《だんぺん》。

ローザリアは寮に着くと、迎《むか》えてくれたミリアに早速《さっそく》命令を下した。

「最近カラヴァリエ領で発見されたという鉱山、何が採れるのか詳《くわ》しく調べてもらっていいかしら？　並行して、デュラリオン・カラヴァリエの最近の素行も」

頭の中では、一連の疑問の答えが目まぐるしく弾《はじ》き出されようとしていた。


のどかな陽光が降り注ぐ昼下がり。

道端《みちばた》には色とりどりの花が今を盛りとばかりに咲《さ》き誇《ほこ》っている。

今日は、短い春期休暇《きゅうか》の初日。季節はすっかり春めいてきた。

美しい花々を眺《なが》めていると、春期休暇前に執《と》り行われた卒業式を思い出す。

在校生が卒業生に花束を贈《おく》る伝統があるらしく、当日の学園内は鮮《あざ》やかな花で溢《あふ》れ返っていた。特別な日に相応しい、華《はな》やかで盛大な見送りだった。

ローザリアは菫《すみれ》の可憐《かれん》な花を横目に、人通りの少ない道を歩く。半歩後ろには従者であるグレディオール。

舗装《ほそう》の剝《は》がれた道は歩きづらいが、歩調を緩《ゆる》めることはない。

「貧民街も王都も花の美しさは変わらないわね、グレディオール」

「花は、咲く場所を選んだりしませんから」

ローザリア達は貧民街に来ていた。

目的はただ一つ、件《くだん》の不審《ふしん》人物に会うことだ。

「こちらです、ローザリア様」

グレディオールはドラゴンの特性ゆえ様々な感覚が鋭敏《えいびん》だ。普段《ふだん》は遮断《しゃだん》しているらしいが、視覚や聴覚《ちょうかく》が人よりも優《すぐ》れている。

嗅覚《きゅうかく》も同様で、彼には不審人物の匂《にお》いを追わせているところだった。

ミリアを連れて来なかったのは以前に頼《たの》んでいた調査に向かわせるためと、万が一の危険に備えたためだ。

「もう、すぐそこまで来ております」

「ありがとう。あなたは本当に有能ね」

「私をこのように使うのは、世界広しと言えどローザリア様だけでしょうね」

「あら。お褒《ほ》めいただき嬉《うれ》しいわ」

鼻の利《き》く犬のような扱《あつか》いが若干《じゃっかん》不満らしいものの、ローザリアは相手にしない。使えるものは何でも使う主義だ。

治水事業が議会で正式決定したのは秋も深まる頃《ころ》だったため、着工は雪解けの時季が過ぎた春先の予定だと聞いている。

今はのどかな光景が広がっているけれど、そろそろこの辺りも職人達で活気づくはずだ。

「あぁ……どうやら、あそこにいるようです」

不審人物とされる青年を発見したのは、ローザリアにとっても見覚えのある場所だった。

以前、ルーティエと共に誘拐《ゆうかい》されかけた時、グレディオールが爆風《ばくふう》と共に吹《ふ》き飛ばしたゴロツキ達の根城跡《あと》。

彼がこしらえた川の抉《えぐ》れを見物しようとする者があとを絶たなかったため、壊《こわ》れた家屋もそのままに立ち入り禁止となっている区域だ。

青年がまさにその抉れを覗《のぞ》き込んでいたので、ローザリアは鋭《するど》い声を発した。

『そこは足が着かないほど深いので、流れが緩やかだと油断していると痛い目を見ますわよ』

シャンタン国の公用語で警告を飛ばすと、青年が振り向いた。

相変わらず目深《まぶか》に被った外套《がいとう》のフードで顔を隠《かく》しているが、グレディオールが捜《さが》し出したのだから間違いないだろう。

『また会うなんて思わなかった。……運命か？』

彼が真顔で発した軽口は、聞き取れなかったことにして流す。確かレスティリアの言葉も話せたはずと言語を切り替《か》えた。

「ごきげんよう。こちらは立ち入り禁止となっておりますよ」

「そうなのか？　それは申し訳ない。この打ち捨てられた家屋が、どうしても気になった」

言いながら、彼はスッと立ち上がった。

偶然《ぐうぜん》にしては白々しい遭遇《そうぐう》に警戒《けいかい》しているのが分かる。

その動作で、フワリと香《こう》が匂い立つ。

以前に会った際も気になっていた、奥深く上品な香《かお》り。これを頼《たよ》りに、グレディオールに動いてもらっていたのだ。

おそらく、伽羅《きゃら》という稀少《きしょう》な香。

原産地であるシャンタン国内においても富裕《ふゆう》層にしか許されない最高級品。

不衛生な香りが漂《ただよ》う貧民街には、何とも似つかわしくない香りだった。

青年は、ローザリア達が二人しかいないことを確認《かくにん》するや、踵《きびす》を返して走り出した。今までのゆったりした動作からは予想外なほど速い。

けれど甘い。こちらにはグレディオールという最強の切り札がいる。

彼は命令を受けずとも動き出した。その駿足《しゅんそく》は、もはやローザリアの目で追えない。

グレディオールは瞬《また》きの間に青年へと追い付くと、手荒《てあら》に襟首《えりくび》を掴《つか》んだ。

「ぐえっ」

青年から情けない苦鳴《も》が漏れる。

これは『念のため丁重《ていちょう》に』というローザリアの言葉を斜《なな》めに忖度《そんたく》した結果だろう。

グレディオールは動物相手のように首根っこを掴んだまま、青年を引きずるようにしてこちらに歩み寄る。あまりにも粗雑《そざつ》な扱いだった。

「……グレディオール、一応彼は貴人なのよ」

彼は数回目を瞬かせると、判断しかねるように青年をぶら下げた。

「それは、大変失礼いたしました……？」

「全く疑問を隠しきれていないわよ。それに、あなたが謝ることではないわ。きっちり言い含《ふく》めておかなかったわたくしの責任だもの」

ドラゴンにとって人の貴賤など些事《さじ》だというのをすっかり忘れていた。

ローザリアは地面に膝《ひざ》をつくと、まだ座り込んでいる青年と目線を合わせた。

「わたくしの従者が手荒な真似《まね》をしてしまい、大変申し訳ございません。どこか痛むところはございませんか？」

「……俺は、密入国者ではない」

「えぇ、存じ上げております。けれど、行方《ゆくえ》をくらまし好き勝手歩き回られては、品位を疑われましてよ。――殿下《でんか》」

ローザリアが付け加えた敬称《けいしょう》に、青年は黙《だま》り込んだ。

しばらく微動《びどう》だにしなかったが、やおら暑苦しい外套を外した。

「……よく、分かったな」

現れたのは、彫《ほ》りの深いレスティリアの民《たみ》とは異なる、けれど確かに優美な美貌《びぼう》。

なめらかな象牙色《ぞうげいろ》の肌《はだ》は傷一つなく、艶《つや》やかな黒髪《くろかみ》も常日頃《つねひごろ》から手入れされてきたものだ。

何より、温かな燈火《とうか》のような――燃え立つ朝焼けのような鮮やかな瞳《ひとみ》。

「以前目を通した古い文献《ぶんけん》に、シャンタン国の民は自国を『暁《あかつき》の国』と呼ぶ、とありました。

シャンタン国の王族の瞳が代々鮮やかな橙色《だいだいいろ》であることからも、特別な色であると。少し考えればすぐに分かることですわ」

まさか王族がこのような奇行《きこう》に走っているとは思わず、関連付けて考えるのに多少の時間がかかってしまったが。

訥々《とつとつ》としたしゃべり方も、眠《ねむ》たげな茫洋《ぼうよう》とした眼差《まなざ》しも、ローザリアが知っている王族とはかけ離《はな》れている。

「それにしても、先ほどの口振《くちぶ》りから推察いたしますと、我が国の上層部はあなた様の存在を認識《にんしき》していないようですわね」

密入国の疑いをまず払拭《ふっしょく》しようという発想自体、いかにも後ろ暗いところがありそうだ。

青年は、無表情ながらも微妙《びみょう》に気まずげに目を逸《そ》らした。こういった手合いの表情を読むのはグレディオールのおかげで慣れている。

彼は視線を落とすと、素直《すなお》に白状した。

「レスティリア王国の貧民街にあるという土壁《つちかべ》を、一足先に見てみたかった。彼らの技術がどんなものか、知りたかった。使節団に紛《まぎ》れれば、いけると思った」

「……」

使節団に紛れ、こっそり入国する。それを人は密入国という。

危《あや》うく喉元《のどもと》まで出かかった言葉を、鉄壁《てっぺき》の笑顔《えがお》で何とか堪《こら》える。

王国内における土壁技術の普及《ふきゅう》と発展を促《うなが》したのがローザリアだと知れたら、この風変わりな青年はどんな反応をするだろうか。

密入国まで果たしてしまうほどの情熱を知っているからには嫌《いや》な予感しかしない。

そもそも彼の家族が国中を挙げて捜索《そうさく》しているかもしれないというのに、少々のんきすぎやしないだろうか。

ローザリアは込み上げる様々な感情に蓋《ふた》をすると、シャンタン国の王子に立ち上がるよう促し、淑《しと》やかな礼をとった。

「やはり深夜に入港したというシャンタン国の船は、正式な使節ということですのね。名乗るのが遅《おそ》くなってしまいました。わたくしは、レスティリア王国セルトフェル侯爵《こうしゃく》が直系、ローザリア・セルトフェルと申します」

「シャンタン国第三王子、シン・ティエンだ。よろしく頼む」

シンと名乗った青年も、この時ばかりは王族らしい鷹揚《おうよう》な態度で頷《うなず》いてみせる。

「シン殿下。改めまして先ほどの非礼をお詫《わ》びいたします。少々手荒になりましたけれど、まずはあなたの安全の確保を優先させていただきました」

ローザリアは再度頭を下げる。

彼は、涼《すず》しげな目をすうっと細めた。

「それは、街で見かけた怪《あや》しげな者達と関係するのか」

シンが気付いているとは思っていなかったので、ローザリアは僅《わず》かに目を見開いた。

無気力そうな雰囲気《ふんいき》は一見頼りないが、鋭い洞察《どうさつ》力もしっかり持ち合わせているらしい。

彼が今まで無事でいられたことが運でも偶然でもなかったことを知り、ローザリアはますます笑みを深める。

「お見逸《みそ》れいたしました、殿下。詳《くわ》しいことはセルトフェル邸《てい》でゆっくりお話ししましょう」

そう告げると、ローザリアは滑《すべ》るように歩き出した。


孫娘《まごむすめ》が何の前触《まえぶ》れもなく他国の王族を連れ帰ったら、驚《おどろ》くのは当然だと思う。

それでも貴族ならば、その驚愕《きょうがく》を押し殺しそつなく対応するものだ。

けれど、セルトフェル邸の主人でありローザリアの祖父であるリジク・セルトフェルの怒《いか》りは、凄《すさ》まじいものだった。

「――なぜかミリアが一人で戻《もど》ってきたかと思えば、これか」

屋敷《やしき》に戻ってすぐ、地を這《は》うような声音《こわね》で祖父が呟《つぶや》く。

その一声だけで大広間は凍《こお》り付いた。

祖父の背後には、申し訳なさそうに笑うミリアがいる。

先に事情を説明し、くれぐれも怒りを鎮《しず》めておくようにと言い含めていたはずが、どうやら失敗に終わったらしい。

リジクは王宮で古狼《こ ろう》と恐《おそ》れられていると聞くが、まさに獣《けもの》に睨《にら》まれているようで生きた心地《ここち》がしない。祖父の勘気《かんき》を恐れ、たまたまこの場に居合わせた有能な使用人達は薄情《はくじょう》なほど素早《す ばや》く気配を消していく。

グレディオールはいつも通りの無表情だし、シンに至っては大広間に飾《かざ》られた御影石《み かげいし》の篆刻《てんこく》や床《ゆか》の大理石に夢中だ。他人の屋敷であまり自由に振《ふ》る舞《ま》わないでほしい。

ミリアは最近無茶《む ちゃ》に厳しいため、今回は助けを見込めないだろう。まさに八方塞《はっぽうふさ》がりだ。

それでもローザリアは、威圧感満載《い あっかんまんさい》の怒《おこ》れる狼に笑顔を返した。

「問題ございませんわ、お祖父様《じい さま》。既《すで》にレンヴィルド殿下を呼び出しております」

「自国の王子を呼びつけておいて、問題ないか。そうか」

「いやですわ。いかにもわたくしが不敬を行っているという口振り」

「まさにそうだろうが」

「あぁ、そうだわ。忘れておりました。ついでに立ち寄った王都の焼き菓子《が し》店で、お土産《み やげ》を買いましたの。バナナとベリーのマフィン。これらの果実には、血圧を下げる効果があるとされておりますのよ」

故意に血圧の上がりそうな説明を添《そ》えながら差し出す。

ローザリアを凌《しの》ぐ勢いで甘党な祖父は、皮肉に眉《まゆ》をピクリと動かしながらも勢いを失った。

その隙《すき》を見逃《みのが》さず、だめ押しとばかりに微笑《ほほえ》んでみせる。

「ただいま、お祖父様」

久しぶりに祖父へと向ける言葉。

寮《りょう》で生活しているので、帰省しなければリジクとは会えない。

そこに寂《さび》しさと、自由に外を歩き回る喜びとが入り雑《ま》じり、不自然な笑顔になってしまったかもしれない。

祖父は何も指摘《してき》せず、静かな眼差しでローザリアを見下ろした。

厳しさを宿す灰色を帯びた青の瞳が僅かに和《やわ》らいだ。

「――あぁ。おかえり、ローザリア」

どんな日々を送っていたのかシンはよく見るとあちこち煤《すす》けていたため、ひとまず身なりを整えるよう使用人に指示を出す。

そうしてローザリアは、しばらく祖父との時間を楽しんだ。

シンを捕獲《ほかく》した経緯《けいい》を話し終えると、学園での近況《きんきょう》や友人についても話していく。

手紙のやり取りは欠かしていないけれど、実際にルーティエとどんな付き合いをしているのか伝えるというのは、嬉《うれ》しくもあり照れくさくもある。

手土産のマフィンに飽《あ》きたらずティーセットと共に用意されたマカロンやケーキを消費して

いく祖父に、苦言を呈《てい》する場面もあった。

一時間ほどが過ぎた頃《ころ》、カディオを伴《ともな》いレンヴィルドが屋敷に到着《とうちゃく》した。

「ごきげんよう、レンヴィルド様」

「ごきげんよう、ローザリア嬢《じょう》」

表面上穏《おだ》やかに微笑む彼には、今日もうっすら疲労《ひろう》が見て取れる。

ローザリアは紅茶を置くと完璧《かんぺき》な笑《え》みを返した。

「あら、同じ皮肉を使い回すなんて」

「使い回しを余儀《よぎ》なくされるほど皮肉が追い付かないのは、私のせいではないからね」

そう返しつつも相当急いで来たのだろう。セルトフェル侯爵への挨拶《あいさつ》を後回しにしてしまったことに気付いたレンヴィルドは、慌《あわ》てて祖父に向き直っていた。

気《き》を利かせたリジクが席を立ったので、ローザリアは本題を切り出す。

「レンヴィルド様。一つ貸し、ですわよ」

意味深に微笑むと、彼はすぐに対外的な笑みで応戦した。

「『国際問題に発展しかねない爆弾《ばくだん》を保護した』と報《しら》せが来た時は驚いたけれど、生憎《あいにく》心当たりがなくてね。その届け出先は、本当に私で合っているのかな？」

「ご存知ないのも無理はございません。彼自身、使節団に紛れてこっそり入国したことを認めておりますので」

「彼、使節団、とちりばめられた手がかりに、レンヴィルドはくっと目を見開いた。

「彼、使節……国際問題に発展しかねない、要人……いや、まさかシャンタン国の王族が？」

「ご明察。長い間、一体どのような生活をしていたのでしょうね？」

レンヴィルドはソファの背もたれにガックリと体重を預けた。とてもではないが、にわかに信じがたいのだろう。

所持金はあるだろうし、それなりに自衛もできるはずだ。

それでも他国の王族がお忍《しの》びでやって来るなんて、しかも護衛も付けず単独行動をしているなんて、普通《ふつう》ならば考えられない。

その上彼は今、他国の王族を王宮に連れ帰るための算段にも思考を割《さ》かねばならないのだから、心労は察して余りある。

衝撃《しょうげき》から立ち直ったのか、レンヴィルドは細く息を吐《は》き出しながら体を起こした。

「……それで？　わざわざ報せてくれたということは、何か要求があるのだろう？」

「失礼な。友人の立場を慮《おもんぱか》った、とは解釈《かいしゃく》してくださいませんの？」

「あなたは悪人ではない。けれど善人でもないことは、身に染《し》みて分かっているからね」

いつもの皮肉の応酬《おうしゅう》を切り上げると、ローザリアは思案する素振《そぶ》りで頰《ほお》に手を添える。

「そこまでおっしゃるなら、ご期待に添えるようなお願いをいたしましょうか」

「別に期待はしていないけれど、どうぞ」

促《うなが》され、ゆっくりと口を開く。

「では……土壁《つちかべ》の技術を持つシャンタン国の使節団来訪はわたくしにも決して無関係ではないはずなのに、なぜ教えてくださらなかったのか——」

レンヴィルドの肩《かた》がギクリと揺《ゆ》れたことに気付きながらも、いたぶるように笑んでみせる。

「……と、いう疑問は後々じっくり尋問《じんもん》する予定ですのでいいとして」

「それは、当然私に拒否権《きょひ》などないのだろうね……」

焦《じ》らされている自覚はあるだろうに、跳《は》ね返す気力もないようだ。

ローザリアは好都合と笑みを深めた。

「一つ、どうしてもレンヴィルド様に叶《かな》えていただきたい願いがございますの」

続く内容があまりに思いがけなかったのか、レンヴィルドは肩透《かたす》かしを食ったように目を瞬《また》かせる。

「それは構わないけれど……なぜだろう。あまりに普通すぎて逆に怖《こわ》い」

「わたくしこれでも、普通の令嬢のつもりですけれど？」

レンヴィルドとの話し合いの間、カディオが口を開くことはなかった。

皮肉の応酬の仲裁《ちゅうさい》も、困り顔でオロオロすることもなく。

彼はただ表情を消し、気配を潜《ひそ》め立っていた。

ローザリアが望んだこと。

それは、今回の功績を大々的に、公式に認めてもらうことだった。

そのため彼が王弟《おうてい》であることも大いに利用させてもらう。

ゆえあって王国内を彷徨《さまよ》っていた、シャンタン国の第三王子。

その身柄《みがら》を保護したのはローザリア・セルトフェルだと、レンヴィルドの兄である国王陛下に公表させるのだ。

国王の発言を無視する者はおらず、たとえ懐疑《かいぎ》的であっても口の端《は》には上る。

国の中枢《ちゅうすう》から、徐々《じょじょ》に。

噂《うわさ》は、春期休暇《きゅうか》明《あ》けが間近であるレスティリア学園にも。

# 第4話　暁天《ぎょうてん》と黄金に輝《かがや》く未来

春のレスティリア学園は至るところで花が咲《さ》き乱れていた。

それはまるで、新たな生徒達を歓迎《かんげい》するかのよう。

入学式前ではあるものの、学園内の一角には入寮《にゅうりょう》手続きのため新入生達が溢《あふ》れ返っている。

若々しい活力に溢れた彼らは、希望で胸を膨《ふく》らませていることだろう。

美しく厳格な学舎《まなびや》で、輝かしい一歩を踏《ふ》み出すのだと。

しかしそんな若者達も、今社交界を騒《さわ》がせているあの噂で持ちきりだった。

「おい、聞いたか？　あの話」

「あぁ、シャンタン国の王子がうちの国を放浪《ほうろう》してたってやつだろ？」

「放浪？　僕は誘拐《ゆうかい》されかけたところを命からがら逃《に》げ出し、追っ手に見つからないよう潜伏《せんぷく》してたって聞いたけど」

「本当かよ。じゃあそこを颯爽《さっそう》と助けたのが、あの『極悪令嬢《ごくあく》』？」

「王子がレスティリア国内で保護されたことより、僕達的には『極悪令嬢』が人を助けたことの方が驚《おどろ》きだよな」

「ハハハッ、言えてる」

「馬鹿《ばか》っ、お前ら……！」

ふざけ合う少年達の軽口を、別の少年が慌てて閉じさせる。

彼が視線を送る先では、石畳《いしだたみ》の道を一人の令嬢がゆっくり通り過ぎていくところだった。

春風に翻《ひるがえ》るシルバーブロンド。整った面《おもて》に輝く瞳《ひとみ》は吸い込まれそうなアイスブルー。

その淡《あわ》くきらめく瞳が、少年達を映した。

「――！」

令嬢は小さな笑みを残すと、見惚《みと》れるほど美しい足取りで去っていく。

少年達は、知らず詰《つ》めていた息を吐き出した。

「あ、あれが噂の、ローザリア・セルトフェル侯爵《こうしゃく》令嬢……」

「驚いた、まさか本人が現れるとは」

「在校生だからどこにいたっておかしくないだろ。ったく、不用意に噂話しやがって……」

「悪かったって。でもさ、『極悪令嬢』なんて恐《おそ》ろしい通り名だからどんなもんかと思えば、意外に普通なんだな」

「普通っていうか、滅茶苦茶綺麗《めちゃくちゃきれい》だった」

「分かる。見つめられたら何も言えなくなりそう」

「僕なんか息が止まった」

「お前ら全然懲《こ》りてないな」

「いや、だってさ——……」


少年達の騒がしいやり取りを背後に聞きながら、ローザリアは内心ほくそ笑《え》んでいた。

王宮から広がり始めた噂も学園にたどり着く頃《ころ》にはあやふやになり、もはや原形を留《とど》めていない。だが、それでいいのだ。

曖昧《あいまい》な情報こそが刺激《しげき》的で想像を掻《か》き立てる。全《すべ》て思惑《おもわく》通りだった。

そのまま寮に帰り着くと、ミリアに出《で》迎《むか》えられる。

「悪い顔をしていらっしゃいますね」

「何か企《たくら》んでいるような顔は生まれつきよ」

ローザリアの冗談《じょうだん》を見事に流すと、彼女は不意に真剣《しんけん》な表情になった。

「情報が入りました。——おそらく今夜、動くかと」

紅茶を受け取りながら頷《うなず》き、部屋の隅《すみ》に控《ひか》える従者へと視線を移す。

「では、準備を。頼《たの》んだわよグレディオール」

静かに頭を下げて部屋を出ていく彼を見届けると、ローザリアは紅茶に口を付けた。

「噂も順調に広がっているようだし、新年度はさらに面白《おもしろ》くなりそうね」

すかさずお茶《ちゃ》請けのマドレーヌを並べていくミリアが、半眼になって嘆息《たんそく》した。

「友人であるレンヴィルド殿下《でんか》まで利用するなんて、ローズ様って血も涙《なみだ》もないですよね」

「国王陛下とはいえ兄なのだから、進言くらいなら大した労力ではないでしょう。嘘《うそ》をつかせたわけでもないのに人聞きが悪いわね」

しかも疑問形ではなく、断言。

最近の専属侍女《じじょ》は本当に辛口《からくち》だ。

「それにもちろん、受けたご恩相応のお返しはするつもりよ」

他国の王族を保護した謝礼とはいえ、ただ受け取るつもりはない。

こちらが利益を得た分、協力者に還元《かんげん》する。

円滑《えんかつ》な人間関係には必要な考え方だ。

それに一連の事件は、シンを保護しただけでは解決しない。

ローザリアは様々な人物の複雑に絡《から》む思惑を、全てまとめて断《た》ち切るつもりでいた。

ゆくゆくは、全て自らの利益となるはず。

「――さて。最後の仕上げといきましょうか」

ローザリアの華《はな》やかな笑みは企み事に全く似つかわしくなく、けれどその異質さゆえに、凄《すさ》まじく美しかった。

真っ暗な中空に、細い三日月が浮《う》かんでいる。

春先の夜はまだ肌寒《はだざむ》い。

時折吹《ふ》く暖かな風には花の香《かお》りが混じっていた。

ローザリアは学園を抜《ぬ》け出し、ある場所に向かう予定だった。

とはいえ門限が厳しい学園において深夜の外出などもっての外。

なのでいつものように、困った時はグレディオールに頼《たよ》らせてもらう。

彼に横抱《よこだ》きにされた状態で、ローザリアは自室の窓から飛び出す。

上階であるにもかかわらず着地は軽《かろ》やかだった。

足音一つ立たず、人を抱《かか》えているとは思えないほど。

グレディオールがいれば、わざわざ校門まで行って誰《だれ》かに見つかる危険を冒《おか》す必要はない。

そのまま近場の塀《へい》を乗り越《こ》えることにする。

塀の外はひと気もなく、静寂《せいじゃく》が広がっていた。

高い塀に遮《さえぎ》られているためか、三日月の頼りない光など届かないようだ。

「行きましょうか」

「はい」

言葉少なに囁《ささや》き交《か》わすと、ローザリア達は歩き出す。

けれど数歩も行かない内に、ぬっと現れた人影《ひとかげ》に足を止める。

「カディオ様……」

久しぶりに名を呼んだ相手は、ひどく厳しい表情をしていた。

「――こんなことだろうと思いました」

彼がゆっくり進み出る。

「殿下の護衛でセルトフェル邸《てい》を訪ねた時、あなたは何かを隠《かく》しているようだった。その思惑までは読めませんでしたが、無茶《むちゃ》をするんじゃないかと思ってました」

シンは、街をうろつく怪《あや》しげな者達に気付いていたと言っていた。

その話は当然レンヴィルドにも伝えていたから、カディオはそれに引っかかったのかもしれない。怪しい者達の話を、深く掘《ほ》り下げないローザリアに。

何にせよ、これからしようとしていることを見透《みす》かされているとすれば居たたまれない。

「その……ずいぶんきっちりわたくしの動向を把握《はあく》されてますのね」

「把握していたわけじゃありません。とにかく、忍耐《にんたい》力勝負でした」

彼の物言いに、ローザリアの思考が停止する。

「まさか……あの日から毎晩、ここに？」

「正確にいうと、春期休暇《きゅうか》中にはセルトフェル邸を張ってました。日中の護衛に支障さえなければと、殿下からも許可はもらってます」

何という執念《しゅうねん》。そして、恐ろしいまでの不器用さ。

知らない仲でもないのだから、ミリアかグレディオールに探《さぐ》りを入れればよかったのでは。

気まずかったことも忘れ呆然《ぼうぜん》としていると、カディオは苦笑《くしょう》を漏《も》らした。

「これだから、あなたは目が離《はな》せないんです」

そこだけ切り取ればうっかりときめいてしまいそうな発言。だが、未《いま》だ衝撃《しょうげき》の覚めやらないローザリアには全く響《ひび》かない。

こんなあっさりとした一言で片付けていい案件なのだろうか。今彼は、およそ二週間にわたる待ち伏《ぶ》せという変質者にも等しい罪状を自白したはずなのだが。

――まぁ、こういう忠犬のようなところも、カディオ様らしいというか……。

らしいで許せてしまう程度には、ローザリアも絆《ほだ》されているのだから仕方ない。

初めての恋《こい》に臆病《おくびょう》になり、らしくもなく悩《なや》んでいたけれど、それももうおしまいだ。

ローザリアの反応を窺《うかが》う頼りない表情を見ていれば、意固地になるのも馬鹿《ばか》らしくなる。

今は久しぶりに普通《ふつう》に喋《しゃべ》れた安堵《あんど》の方が大きいし、何より彼は気まずい状態にあるにもかかわらず、親身に心配してくれたのだから。

――その手段については、何とも感激しづらいけれど。

ローザリアは、ぎくしゃくする以前の自分を意識しながら微笑《ほほえ》んだ。

「そうしてわたくしを野獣扱《やじゅうあつか》いされるのは、あなたの主《あるじ》の影響《えいきょう》かしら？」

「え⁉　や、野獣扱い⁉　そんなつもりは……」

「まぁ、いいですわ。その代わり、加勢してくださるのでしょう？」

狼狽《うろた》えていたカディオだったが、確認《かくにん》を込めた問いに表情が引き締《し》まった。

「――はい。俺は、あなたを守りたい」

過去の『カディオ・グラント』も関係ない。

それだけは確かな気持ちなのだと。僅《わず》かな月光を照り返す金色の瞳《ひとみ》が訴《うった》えている。

「この世界が『乙女《おとめ》ゲーム』なら、俺なんかが出しゃばるべきじゃないのかもしれない。あなたにはどこかに相応《ふさわ》しい人がいて、そいつが颯爽《さっそう》とヒーローみたいに現れる場面を奪ってるのかもしれない。……だけど、ローザリア様が俺を認めて、救ってくれたように――俺にもできることは、きっとあるから」

カディオは潔《いさぎよ》く、きっぱりと笑った。

「どうか、俺も連れて行ってください」

真っ直《す》ぐな言葉を受け、ローザリアは気の利《き》いた言葉さえ浮かばなかった。

大型犬のように人懐《ひとなつ》っこくて、考えていることがすぐ顔に出る素直《すなお》さも好ましいけれど。

素朴《そぼく》な優《やさ》しさだけじゃない。

時折見せる強さや頼り甲斐《がい》に、こうして何度心を奪《うば》われてきたか。

そしてそのたびに、ローザリアも沸《わ》き立つような熱い思いに気付かされるのだ。

――そうだわ。弱くなんて、なるはずがなかった……。

何ものにも揺《ゆ》さぶられない強靭《きょうじん》さこそが、自身の強みだと思っていた。

カディオの一挙一動に振《ふ》り回されるのは弱さではないかと。

けれど、違《ちが》う。

こうして分け与《あた》えられるものがあるのに、これが弱さであるはずがないのだ。

熱い胸を押さえて黙《だま》り込むローザリアを見下ろし、カディオが瞳を細めた。

「では、行きましょうか」

「……えぇ」

頬《ほお》の赤さを三日月に笑われているような気がして、ローザリアは俯《うつむ》いて表情を隠した。


たどり着いたのは、閑静《かんせい》な住宅街。

ここには新興貴族や、爵位《しゃくい》の低い貴族らの邸宅《ていたく》が多く立ち並んでいる。

「相手も貴族、確たる証拠《しょうこ》なしに糾弾《きゅうだん》はできません。わたくしの侍女《じじょ》によりますと、今日はその証拠が得られるはず。ミリアも既《すで》に別で動いております」

出入り口を、手分けして見張ることとなった。カディオの加勢のおかげで正面玄関《げんかん》と裏口のどちらも押さえられる。

正面はグレディオールに任せ、ローザリアとカディオは裏手に回った。

勝手口を見張るために手頃《てごろ》な木の陰《かげ》に身を潜《ひそ》める。

「敵は、必ず今夜合流するでしょう。それまでは待機となります」

「分かりました」

迷いなく頷《うなず》き返され、ローザリアはふと首を傾《かし》げた。

「ここが何者の邸宅なのか、カディオ様はお訊《き》きにならないのね」

「俺には、貴族のことは分かりませんから。ただ指示に従い、あなたを守るだけです」

きっぱりと返す姿に見惚《みと》れるが、彼の表情は一瞬《いっしゅん》にして情けないものに変わる。

「それより、こんな危ないことばかりしてたらあなたのご両親が心配するんじゃないかって、俺はその方が不安ですよ」

緊張感《きんちょうかん》のない台詞《せりふ》がいかにもカディオらしくて、ローザリアは少し笑った。

「あら、言っておりませんでした？　わたくし、両親は既におりません。幼い頃《ころ》に事故で他界しているのです」

軽く言ったつもりが、彼は見る間に顔を強《こわ》ばらせていく。

「……すみません。失礼なことを言いました」

ローザリアは首を振るしかなかった。

気にしてほしいわけではないが、軽々しい笑顔《えがお》で誤魔化《ごまか》せる話題でもない。

なので、矛先《ほこさき》を変えることにした。

「カディオ様こそ、実家に寄り付かないのは十分親不孝ですわよ」

「っ！」

あっさり狼狽えるカディオに苦笑が漏れる。

おかげで、ずっと気になっていたことが聞けそうだ。

「すみません、カマをかけただけです。わたくしだって、そんなに何もかも把握しているわけではございませんもの」

「いや……あなたなら十分あり得るから……」

呟《つぶや》きを無視し、ローザリアは核心《かくしん》を衝《つ》く。

「恐《おそ》ろしいのですか？　家族と、向き合うことが」

カディオは動揺《どうよう》を見せると思われたが、逆に黙り込んだ。

普段《ふだん》はくるくると鮮《あざ》やかに変化する表情が、今はまるで人形のようだった。

「……俺は、『カディオ・グラント』ではありませんから」

感情を置き去りにしたような独白。

ローザリアは黙って耳を傾《かたむ》けた。

「これが『カディオ・グラント』の体なら、同じ脳を共有してるはずなんです。それなら記憶《きおく》が甦《よみがえ》ってもいいようなものなのに、どんなふうに生きてきたのか、未だに分からない。そんな状態で家族に会えば、どんな顔をされるか。……怖《こわ》いです。俺は『カディオ・グラント』を、彼らから奪ってしまった」

転生は、彼の意思で行われたことではない。

そんな気休めはきっと無意味だった。

堰《せき》を切ったように溢《あふ》れ出す言葉達は、それだけ彼が苦しんできた証《あかし》だ。

カディオは座り込んで膝《ひざ》を抱《かか》えた。

子どもが暗闇《くらやみ》に怯《おび》えるような、外敵から身を守るような、頑《かたく》なな拒絶《きょぜつ》。

「その上最近は、転生前の記憶も、どんどん薄《うす》れてるんです。今は、自分がどんな人間だったのかさえ、思い出せない。確かなものなんて一つもない。こんな中途半端《ちゅうとはんぱ》な俺は、一体、何者なんでしょう」

ローザリアには、聞くことしかできない。

彼の悲しみを本当の意味で共有できるのは、おそらくルーティエだけだ。

それでも、その傍《かたわ》らに膝をついた。

「……どんな人間も何も、今目の前にいるあなたが全《すべ》てではありませんか」

カディオが、ゆっくりと顔を上げる。

ローザリアは壊《こわ》れものを扱《あつか》うようにそっと微笑んだ。

「どうか目を、逸《そ》らさないでください。少なくとも、わたくしはあなたを知っています」

何もないなんてことはない。

ローザリアの心を動かす優しさも強さも、彼だけのもの。

それは確かなことなのだから。

しばらくぼんやりこちらを見上げていたカディオが、眩《まぶ》しげに笑った。

憂《うれ》いが取り払《はら》えたとは思っていない。

それでもほんの僅かでも、苦し紛《まぎ》れでも、彼が笑えてよかった。

苦しむ彼に寄り添《そ》っていられてよかった。

「……あなたは、悲しみから目を背《そむ》けない。だから強いんですね」

「え？」

「先ほど、ご両親の話をしている時、あなたは悲しそうな顔をしていました。……家族を失う痛みなら、俺にも何となく理解できますから」

「カディオ様……」

「たまには、気を抜《ぬ》いてもいいと思いますよ。誰《だれ》かに弱音をこぼしても」

こんな時にまで人を気遣《きづか》うのだから。

ローザリアは切ないような、過ぎたお人好《ひとよ》しを注意したいような複雑な気持ちになった。

それでも一つ息をつくと、今まで誰にもこぼしたことのない胸中を口にした。

なぜか彼にだけは、弱音をこぼしてしまう。

寄る辺のない彼の支えになれればと思っているのに、いつも救われているのは自分の方なのかもしれない。

「……今でも、わたくしが存在するために両親は死んでしまったのかもしれないと、考えることがあるんです」

思いがけなかったのか、カディオの目が丸くなる。

ローザリアは自嘲《じちょう》気味に続けた。

「今も『薔薇姫《ばらひめ》』を疎《うと》ましく思う貴族はおりますけれど、当時はその比じゃなかった。排斥《はいせき》すべきと声高《こわだか》に叫《さけ》ぶ者もおりました。優《やさ》しい両親は、それでもわたくしを守ってくださいましたが、そんな時……」

両親は断れない筋からの誘《さそ》いがあり、馬車で遠方に向かっていた。

その日はどしゃ降りの雨が、屋敷《やしき》の中にいてもうるさいくらいだった。

馬車は、崖沿《がけぞ》いの道を駆《か》ける際、ぬかるみにはまってしまったのだという。

馬は混乱から闇雲《やみくも》にもがき、その反動で馬車は横転。そのまま、運悪く谷底へ――。

「真相は、今もまだ分かっておりません。当時のわたくしはまだ五歳。調べるすべなどありませんでしたから」

ただの事故かもしれない。

けれど、『薔薇姫』の娘《むすめ》がいたからこそ、起きたことかもしれない。

成長したのち、途中《とちゅう》まで調べたことがある。

けれど怖くてやめてしまった。

もう十年近く経《た》つのに、未《いま》だ両親の死と向き合えないのだ。

怖い。もしも『薔薇姫』を疎んじる者の計略だったとしたら。その揺《ゆ》るぎない証拠が出てきてしまったら――。

いつの間にか俯《うつむ》いていたローザリアの手を、カディオが強く握《にぎ》った。

満月のように鮮やかな瞳《ひとみ》に、真っ直《す》ぐ見据《みす》えられる。

「ローザリア様。心優しく真っ直ぐなあなたを見ていれば、ご両親がどれほど愛情を注いでいたか一目で分かります。だから俺でも、これだけははっきり言える。ご両親は、確かにあなたを愛していた。『薔薇姫』かどうかなんて関係ない。きっと今も、ずっと」

柔《やわ》らかく心に火を灯《とも》すような、優しい言葉。

自然と、両親の笑顔を思い出した。

慈《いつく》しむように頭を撫《な》でる母の温かな手。

朗《ほが》らかに笑う父のアイスブルーの瞳。

「カディオ様、わたくし――」

感謝の気持ちを伝えるべく、ローザリアはカディオへと向き直る。

彼は、既《すで》にこちらを見ていなかった。

それどころか会話さえ耳に入っていないだろう。

緊張感みなぎる厳しい瞳は、油断なく裏口を見つめていた。

ローザリアもすぐにその意味を汲《く》み取り、静かに状況《じょうきょう》を見守る。

しばらくすると、挙動不審《ふしん》なほど辺りを見回す男が姿を現した。

二人の間で緊張《きんちょう》が張り詰《つ》める。

男はがっしりした体を卑屈《ひくつ》なほどに折り曲げながら、素早《すばや》く裏口に滑《すべ》り込んでいく。

「来ましたわね。予想通りです」

怪《あや》しげな男の人相は、ミリアから聞いていたものと完全に一致《いっち》する。待ち伏《ぶ》せていた相手に間違《まちが》いなかった。

さて、しんみりするのはここまでのようだ。

ここからは一斉摘発《いっせいてきはつ》に集中する。

「侵入《しんにゅう》しましょう」

「グレディオール殿《どの》には……」

「彼にだけ分かる合図があるわ」

ローザリアは手近な葉を千切ると、そこに人差し指を当てた。

多少の痛みの直後、うっすらと血がにじんでいく。

「あっ……！」

カディオが思わずといったふうに声を上げる。

一瞬《いっしゅん》後に、得も言われぬ芳香《ほうこう》がフワリと漂《ただよ》った。

決して強すぎるわけではないのに、いつまでも鼻の奥に残る香気。

それだけで、こちらの意図はグレディオールに伝わるはずだ。

ローザリアは絹のハンカチを指に巻いた。これで気休め程度だが香《かお》りを抑《おさ》えられるので、あとでグレディオールに治癒《ちゆ》してもらえばいい。

屋敷の敷地《しきち》内へ堂々と侵入するローザリアだったが、なぜかカディオは不満そうだ。

「カディオ様？」

「……前に、約束したのに。簡単に自分を傷付けないって」

咎《とが》められて気付く。

そういえば、誘拐騒《ゆうかいさわ》ぎの時にもこうしてグレディオールを呼んだのだが、安易に怪我《けが》をしたとして彼に叱《しか》られたのだった。

「ご不快かもしれませんが、緊急《きんきゅう》事態ですし今回は見逃《みのが》してください」

「不快とかそういうことじゃないって前にも言っただろう。ただ、心配なだけだ」

久しぶりに、カディオから敬語が抜けた。

条件反射のように頬《ほお》が熱くなり鼓動《こどう》が高鳴るけれど、今は喜んでいる場合じゃない。状況が状況なのでローザリアは慌《あわ》てて気を引き締《し》めた。

だが彼は、まだ言い足りなそうにもごもごしている。

「それに、本当に無闇《むやみ》に出血しない方が……その香りは、かなり……」

「カディオ様」

「頭の芯《しん》がじんと痺《しび》れて……何も、考えられなくなるというか……」

「カディオ様、今はのんびり話していられるような状況ではございません。もし気になることがおありでしたら、後ほどゆっくり聞かせていただきます」

「あなたが冷静すぎて居たたまれない……」

再び歩き出すローザリアの背後で、カディオの呟《つぶや》きがやけに虚《むな》しく響《ひび》いた。

屋敷に入ると、そこは華美《かび》な装飾《そうしょく》で溢《あふ》れていた。

荘厳《そうごん》な獅子《しし》の置物、見上げるほど巨大《きょだい》な陶器《とうき》に、金の銅像。この目に優しくない感覚は最近体験したばかりだ。

控《ひか》えめに言って派手すぎるし、一つ一つが名品なだけにもったいない気がしてしまう。

しばらくすると侵入に気付いた使用人がちらほら駆け付け始めた。

中には私兵も交ざっていたけれど、カディオの制服を見て誰もが息を呑《の》み遠巻きにする。

レスティリア王国が誇る王立騎士《きし》団の中でもさらに選り抜きである、近衛《このえ》騎士団の制服。王族の盾《たて》であり槍《やり》である近衛騎士達は、存在そのものが王国の意志とも言える。

つまり、絶対的な正義の象徴《しょうちょう》。

近衛騎士団がここにいる意味に気付いた者はわざわざ制止しようとしないので、ローザリア達は悠々《ゆうゆう》と進むことができた。

とはいえ、わざわざ彼が制服を着て来た意味を考えると面映《おもは》ゆい気持ちになる。

カディオは、ローザリアが決して悪事を働かないことを、正義がこちらにあることを、心から信じて助太刀《すけだち》に来たのだ。

「カディオ様がいてくださるおかげで本当に助かりますわ」

「ちなみに俺がいなかったら、どうするつもりだったんです？」

「グレディオールに、威圧《いあつ》を放ってもらうつもりでした。普段《ふだん》は意識的に抑えておりますけれど、制御《せいぎょ》をやめれば屋敷中の人間が失神してしまうほどの威力《いりょく》がありますから」

けれどその場合、捕縛《ほばく》すべき人物達も尋問《じんもん》前に失神してしまうという欠点があった。

空いた時間で証拠《しょうこ》書類でも優雅《ゆうが》に家捜《やさが》しするつもりだったが、カディオのおかげで全工程を手分けして実行できる。

「圧倒《あっとう》的な時間短縮になりますし、何より罪のない使用人達まで巻き込んで威圧をするのはさすがに良心が咎めておりました。カディオ様がいてくださって本当によかったです」

威圧を浴びれば、後々まで恐怖心《きょうふしん》が残ってしまう者もいたはずだ。

背に腹は替《か》えられないと思っていたが、犠牲《ぎせい》が少なく済むならその方がいい。

ウフフと可愛《かわい》らしく笑ってみせてもカディオは微妙《びみょう》な表情をしているが。

しばらく無言で進むと、真夜中だというのに使用人の数が増えてくる。

迷いない足取りで進むローザリアに、カディオは恐《おそ》る恐る疑問を投げかけた。

「あの、こっちで合ってるんですか？」

「外から、明かりが点《つ》いている部屋を確認《かくにん》いたしました。深夜に使用人がこれだけ動いているのも、彼らの主《あるじ》がこの辺りにいるという証拠です」

そもそも貴族の邸宅《ていたく》の造りには似通ったところがあるので、外観を見れば大体の構造を把握《はあく》できてしまうのだ。

密談に最適な場所はどこであるか、なども。

「カディオ様。大変申し上げにくいのですが、もし戦闘《せんとう》になった場合、グレディオールは最後の手段とお考えください」

「？　どういう意味ですか？」

「ただの威圧ですら、屋敷《やしき》にいる全員を失神させるほどの効果があるのです。戦力とするにはあまりに物騒《ぶっそう》ですから」

グレディオールは、強すぎる。

手を出したら最後、おそらく死人がでることは免《まぬか》れない。それを、カディオ一人に押し付けて威圧を使わなかったからには乱闘《らんとう》になる可能性もある。しまうのは申し訳ない気がした。

けれど彼は、力強く頷《うなず》いてみせた。

「もちろん、役に立つために来たんですから。俺のことも目いっぱい使ってください」

「……ありがとうございます」

カディオがいてくれるだけで、とても心強い。それは戦力としての意味ばかりでなく、彼自身が心の支えとなっているから。

ローザリアは、絢爛豪華《けんらんごうか》な屋敷の中ではある意味異質とも言える、何の装飾もない木製扉《とびら》の前で立ち止まった。

建物の構造的にはちょうど裏口に近い。隠《かく》し通路でもあって、いざという時脱出《だっしゅつ》できるようになっているのだろう。

その扉を、勢いよく開け放った。

「ごきげんよう。こんな夜更《よふ》けに、一体どのような密談をなさっておいでかしら?」

完璧《かんぺき》な微笑《ほほえ》みを向けたのは、先ほどの挙動不審《ふしん》だった大柄《おおがら》な男ともう一人——この屋敷の主である、壮年《そうねん》の男性。

ドルーヴのオーナーである子爵《ししゃく》その人だった。

ローザリアは笑みを湛《たた》えたまま、遠慮《えんりょ》なく室内に足を踏《ふ》み入れる。

すると、子爵の表情が嫌悪《けんお》に歪《ゆが》んだ。

ドルーヴに行った際にもぶつけられた『薔薇姫《ばらひめ》』へのあからさまな侮蔑《ぶべつ》。

何も感じないわけではないが、今は私的な感情を排除《はいじょ》する。付いてきてくれたカディオのためにも毅然《きぜん》と振《ふ》る舞《ま》わねばならない。

「ドルーヴでお会いして以来ですわね、子爵。そちらの方は、ドルーヴの建設に携《たずさ》わった建築組合の方かしら？」

ありありと浮《う》かぶ嘲《あざけ》りをそのままに、子爵は口を開いた。

「『極悪令嬢《ごくあくれいじょう》』とやらは、よほど礼儀《れいぎ》を知らないと見える。使者もなしに、しかもこんな真夜中に何の用かな？」

侮辱《ぶじょく》にカディオが動きかけるが、目線だけで押し止《とど》める。

「お訊《たず》ねされたからには、お答えしなければなりませんわね。――カラヴァリエ伯爵《はくしゃく》領の鉱山から、鉱石が盗《ぬす》まれたことはご存知ですか？」

びくりと肩《かた》を震《ふる》わせる大男を、子爵がじろりと睨《にら》む。それから、ローザリアに白々しい笑みを向けた。

「それは初耳ですな。しかしそれが、セルトフェル侯爵《こうしゃく》家の君に関係あるのかな？　確か伯爵は、どんな鉱石が採れるかも公表していなかったはずでは？」

建築組合の男はともかく、子爵はこの程度でボロを出さないくらいの知恵《ちえ》は回るらしい。

ローザリアも胡散臭《うさんくさ》く微笑みながら続けた。

「カラヴァリエ伯爵が公表しなかったのは、おそらく価値のある石ではなかったためでしょうね。採掘《さいくつ》された頁岩《けつがん》はレンガの原料になるものですが、成分に問題があると脆《もろ》く崩《くず》れやすいと聞いたことがあります」

例えばカルシウム含量《がんりょう》が多すぎると、レンガの原料として致命的《ちめいてき》だ。
二、三年も風雨にさらされれば、力を入れずとも砕《くだ》けるほど劣化《れっか》してしまう場合がある。
「脆く、崩れやすい。最近そんなレンガをどこかで見たような気がするのだけれど……」

ローザリアは、怯《おび》えて青ざめる建築組合の男にひたりと視線を据《す》えた。

「あぁ。確か最近あなたの組合が手がけた最新の複合型施設《しせつ》、ドルーヴで見かけたのだわ」

施設内で起こった、王都民同士の些細《ささい》な諍《いさか》い。

カディオがすぐさま収めたことで大規模に発展することはなかったけれど、破れかぶれになった男が金属製のゴブレットを投げるという危険な一幕もあった。

それは人に当たることなく、レンガ造りの階段へと突《つ》き刺《さ》さった。

そう、突き刺さったのだ。

頑丈《がんじょう》であるはずのレンガに、ゴブレットが。

「当初は疑問に思っておりませんでしたが、ある人物が注目していたことでわたくしも気にかかるようになりました。その人物とは、シャンタン国の第三王子シン・ティエン。彼は王宮に保護されるまで、物騒な連中に狙《ねら》われていたそうです。あなた方の差し金ですね？」

断定的な口調にも、子爵の表情が揺《ゆ》らぐことはない。ローザリアはさらに畳《たた》みかける。

「自領の鉱石が盗まれたのですから、カラヴァリエ伯爵も当然調査員くらい派遣《はけん》しているでしょう。あなた方は、シン王子をその調査員だと思い込んだ。そうして捕《と》らえ、足がつく前に口を塞《ふさ》ごうとした。王子という正体を知らずに」

レイリカが王都に来ていたのも、デュラリオンがドルーヴに頻繁《ひんぱん》に通っていたのも、全《すべ》ては調査のためだったと今なら分かる。

カラヴァリエ領の者達はほぼ核心《かくしん》に迫《せま》っていたのだ。だから焦《あせ》った彼ら――おそらく小心な建築組合の男が主動で、シン王子を消そうとした。

ローザリアの推測を黙《だま》って聞いていた子爵が、馬鹿《ばか》馬鹿しいとばかり鼻で笑った。

「何を言っているのかさっぱり理解できませんな。そこまで決め付けるのであれば、証拠でも持ってくればいい」

小悪党らしい台詞《せりふ》にローザリアは冷笑《れいしょう》した。

「……なぜわたくしが今夜を選んでここに来たのか、まだ分かりませんの？」

窓から細く月光が差し込む。

それを背に、ローザリアは一歩進み出た。

「あなた方が強奪《ごうだつ》した頁岩が、そろそろ底を尽《つ》きそうだという情報が入りましたの。その時機に、必ず次の行動を決定すべく話し合いが持たれると思っておりました」

情報源はもちろんミリア。

両者が合流する時がまとめて捕《つか》まえる好機だった。思惑《おもわく》通り動いてくれて、逆に怪《あや》しまねばならなかったくらいだ。

「ちなみにあなたが束ねる建築組合は、既《すで》にわたくしの侍女《じじょ》が押さえておりますわ。お疑いになるようでしたらこの通り、確かな証拠《しょうこ》も」

ローザリアが差し出した手の平に載《の》っているのは、何の変哲《へんてつ》もない石。

だがこれは、事前に建築組合へと潜入捜査《せんにゅうそうさ》を果たした際、ミリアが証拠品として持ち出したものだ。

建築組合の男は可哀想《かわいそう》なくらい青ざめている。

ローザリアは、くっきりと鮮《あざ》やかな笑みを浮かべた。

「この頁岩の成分を調べてみたら、どうなるかしら？　鉱山によって採れる鉱石の成分が異なるというお話はご存知ですか？」

組合の代表である大男が震えながら膝《ひざ》をついた。

子爵は僅《わず》かに眉《まゆ》を動かしたものの、それでも平然としている。

ローザリアはまず組合の男から崩そうと、チラリと視線を向けた。

「もし、カラヴァリエ伯爵領から盗まれた頁岩が、あなたの建築組合から発見されたなんてことがありましたら、ねぇ？」

「……た、偶々《たまたま》だ！　誰《だれ》かが俺をはめようと、仕組んだことかもしれないじゃないか！」

男が、堪《たま》らずといったふうに叫《さけ》ぶ。

だが、それこそまさに目論見《もくろみ》通りだ。

ローザリアはわざとらしくため息をついて首を振る。

「そういった難癖《なんくせ》をつけられる可能性もあったので、言い逃《のが》れのしようがない現場を押さえたつもりだったのですけれど」

深夜の密会、建築組合から発見された頁岩。そのように曖昧《あいまい》で何とでも言い逃れのできる証拠ばかりでなく、確たる証《あかし》を示せと。

見苦しいが言い分はあながち間《ま》違《ちが》っていない。

「――ローザリア様、こちらを」

その時、頃合《ころあ》いを見計らっていたかのようにグレディオールが現れた。

一枚の紙を差し出すと、再び影《かげ》のように消えていく。

渡《わた》された紙に素早《すばや》く目を通し、ローザリアは会心の笑みを浮かべた。

「そうね。頁岩だけでは足りないとおっしゃるのでしたら……」

やり取りを見守っていた男達に向け、高らかに紙を掲《かか》げる。

「あまりに不用意に残された念書など、いかがかしら？」

しかもご丁寧《ていねい》に二人の署名入りだ。これは、動かしがたい証拠。

建築組合がカラヴァリエ伯爵領で採れた頁岩を盗み出すこと、その際子爵が手勢を貸し出すこと。大男の組合にドルーヴ建設を一任する代わりにその費用を抑《おさ》えることなど、事細かに悪事の数々が明記されていた。

これほど足の付きそうなものを文書で残しているとは。

――たとえ金庫に厳重に保管していたとしても、グレディオールには時間稼《かせ》ぎにもならなかったでしょうね。

ドラゴンである彼に、人間の常識など当てはまらない。

「これは、頁岩と合わせて王家に提出させていただきますわね」

「……それをこちらに、返す気はないかね？」

子爵が、慎重《しんちょう》に口を開いた。

ローザリアは答えない。

彼は息をつくと、ゆっくり顔を上げた。そこに嘲りを浮かべたまま。

「そうか。実に、残念だ」

子爵が卓上《たくじょう》のベルを鳴らすと、反対側の出入り口からぞろぞろと男達が現れた。全員もれなく武装をしている。

私兵だ。しかもここに来るまでに遭遇《そうぐう》した制服姿の者達とは異なり、明らかに荒事《あらごと》や後ろ暗いことに慣れた様子の面々だった。

人数は九人。果たして、カディオ一人に捌《さば》きされるだろうか。

彼らがもしシンを捕らえようとした者達ならば、その証言は証拠の一つとなる。だとしたら残らず捕縛《ほばく》する必要があった。

それだけでも難易度が飛躍《ひやく》的に跳《は》ね上がるというのに、さらにカディオには人を傷付けることへの恐怖心《きょうふしん》があるのだ。

「大丈夫《だいじょうぶ》です。必ずあなたを守ります」

「……はい」

模造刀を構える姿にあまりにも気負いがなかったので、ローザリアの不安も消えていく。大丈夫だというなら彼を信じよう。

戦闘《せんとう》の邪魔《じゃま》にならないところまで下がると、逆にカディオは進み出る。

男達は、人数の差から彼を侮《あなど》っているようだ。ろくに構えもせずニヤニヤしている。

その油断を利用すべく、カディオは先制攻撃《こうげき》に動いた。

あっという間に距離《きょり》を詰《つ》められ一様に驚《おどろ》いているが、男達に構え直す暇《ひま》はない。

いきなり腹を蹴《け》り込まれた巨漢《きょかん》が、一発で吹《ふ》き飛んだ。

息つく間もなく隣《となり》の男の側頭部に手刀を叩《たた》き込み、そのままの流れでさらに別の男の顔面にこぶしをお見舞《みま》いする。

やられた男達はピクリとも動かなくなり、ほんの数秒で三人が戦闘不能となった。

残った男達はさすがに顔色を変えて、各々《おのおの》の武器を構える。

カディオの模造刀に対し、彼らは真剣《しんけん》だ。

ローザリアもさすがに固唾《かたず》を呑《の》んで見守る。

じり、とカディオを囲むように間合いを詰めていく男達の内、一人が斬《き》りかかった。

湾曲《わんきょく》した幅広《はばひろ》の剣がギラリと鈍《にぶ》く光る。

カディオはこれを、鍔《つば》で受けきった。

金属でできているとはいえ、模造刀は真剣と斬り結ぶためのものではない。

この先戦闘が待っていることを思えば、極力刀身の磨耗《まもう》を防ぎたいのかもしれなかった。

カディオは相手の勢いを器用にいなすと、よろめいた男に膝蹴《ひざげ》りを入れる。

その隙《すき》に斬りかかろうとしていた男の剣を真っ向から受け止め、押し返す。男は勢いのまま背後にいた男と衝突《しょうとつ》した。

成人男性を受け止めきれずよろけたその男も、また手刀で沈《しず》めた。

一気に数を減らした男達は見る間に戦意を喪失《そうしつ》していく。

——本当に、凄《すさ》まじいわ……。

ローザリアが読んだ騎士《きし》物語では、戦闘ともなれば『やぁぁぁーっ』だの『でやぁぁぁーっ』だのという謎《なぞ》の雄叫《おたけ》びや、名乗りを上げるものが一般的《いっぱん》だった。

けれどカディオの息をもつかせぬ攻撃のせいで、敵は口を開く余裕《よゆう》もなさそうだ。しかもそのほとんどを一撃で仕留めているのだから凄まじい。

そんなことをのんきに考察していられるほど、カディオの戦闘は危なげがなかった。

その上彼は手を緩《ゆる》めない。

振《ふ》りかざされる剣を避《よ》けながら、確実に相手の急所を狙《ねら》っていく。

次々に打ち倒《たお》していく正確さと素早さは驚嘆《きょうたん》に値《あたい》するだろう。

そしてそれは、男達にとっては恐怖でしかなかった。

「う……うわあぁぁっっ!!」

とうとう最後の一人となった男が血迷い、何とローザリアに向かってきた。

カディオは少し離《はな》れた位置におり、気付いた時には目の前に迫《せま》っているような状態だ。

だが。

「――愚《おろ》かだこと」

ローザリアは『極悪令嬢《ごくあくれいじょう》』らしい凶悪《きょうあく》さと傲慢《ごうまん》さで、笑った。

男の前に立ちはだかったのは、闇《やみ》を切り取ったかのように全身黒ずくめの青年。

無機質な、まるで人ではないような存在感。そこに表情はないのに、金緑色の瞳《ひとみ》だけは凍《こご》えるほど冷たい。

本能的な恐怖から逃《に》げようとした男だったが、ひたりと額を押さえられて動けなくなった。

人差し指。その一本の指が触《ふ》れているだけで全《すべ》ての抵抗《ていこう》を封《ふう》じられてしまう。

それは強大な兵器の前に裸《はだか》で立ち尽《つ》くしているような、圧倒《あっとう》的な無力感。

声を上げることすらできずに、男はへなへなと座り込んだ。

ローザリアは極《きわ》め付きとばかり、満足げな笑《え》みで言い添《そ》える。

「よくやったわね、グレディオール。手加減は難しかったでしょう？」

その言葉に、敵対していた子爵《ししゃく》達は震《ふる》え上がった。

勝てるはずがない。この、たった一人の少女に。

「ひっ……！」

「──化け物め!!」

しゃがれた声で叫《さけ》んだのは子爵だった。

彼の目にはグレディオールはもちろん、それを許容するローザリアさえ化け物に見えた。

「私は、貴様を認めない！　『薔薇姫《ばらひめ》』という存在そのものが道理から外れているのだ！　だから『極悪令嬢』などと揶揄《やゆ》される！　同じ人間ではないから！」

「なっ……！」

男達を拘束《こうそく》し始めていたカディオが反論する前に、ローザリアは腕《うで》を組んで進み出た。

「……道理から、外れている？」

広い室内に一つだけの明かりが揺《ゆ》れた。

頼《たよ》りない照明はローザリアに色濃《いろこ》い影を落とす。

そんな中、アイスブルーの瞳だけが光を弾《はじ》いて輝《かがや》いていた。

まるで、比類なき宝石のように。

「ご存知ありませんか？　極悪とは、この上なく邪《よこしま》であること。邪には、道理に外れている、という意味があるのですわよ」

ゆったりと足音を響《ひび》かせていたローザリアが、子爵の前でひたりと立ち止まる。

彼はみっともなく唾《つば》を飲み込んだ。

暗がりに、くっきりと浮《う》かび上がる笑みの花。

それは凄絶《せいぜつ》なまでに美しく、また恐《おそ》ろしかった。

「――わたくしを『極悪令嬢』と罵《ののし》ったその口で道理を説かれるなんて、おかしな方」

子爵はガクン、と床《ゆか》にへたり込んだ。

隣で丸くなっている建築組合の男のように、その体がブルブルと震えだす。憔悴《しょうすい》しきった姿はめっきり老《ふ》け込んで見えた。

もはや眼中にない男達を視界から消し去ると、ローザリアはカディオに話を振った。

「近衛《このえ》騎士団の権限があれば、子爵達も拘束できるかしら？」

「はい。今回は、殿下《でんか》から事前に許可を取ってありますから」

「彼は彼で、わたくしを過信しすぎているのではないかしら……」

何もかもレンヴィルドの想定内だというならばともかく、単なる信用問題だとしたらこれもまた面映《おもは》ゆいことだ。

空気が緩んだその時、子爵が突然叫《とつぜんさけ》んだ。

「私は知っているぞ！　私の友人は、お前に殺されたんだ！　あの男が突然行方《ゆくえ》をくらますなど考えられない！　お前は、人殺し——……！」

目を血走らせ、口から泡を飛ばし半狂乱《はんきょうらん》で叫ぶ子爵は、彼こそがおぞましい化け物のようだ。

心が凍《こお》り付きそうな罵倒《ばとう》。

その最後を待たず、目で追えない速さで動いたのはカディオだった。

模造刀の切っ先を子爵の眼前に突《つ》き付ける。

一応身分ある相手にもかかわらず、迷いのない剣筋。そこに押し込められたカディオの怒《いか》りが突き刺《さ》すかのようだった。

「その、汚《きたな》い口を閉じろ」

一拍遅《いっぱくおく》れて子爵の前髪《まえがみ》がハラリと舞《ま》った。

恐怖に絶句する彼と同じく、ローザリアも気が遠くなりそうだ。

「も、模造刀とは、髪が切れるものなのですか……？」

いや、あり得るはずがない。

神業《かみわざ》のごとき剣技《けんぎ》。これで人を傷付けたくないなどと言うのだから空恐《そらおそ》ろしい。

思わず遠い目になりかけるローザリアだったが、いつもの明るい雰囲気《ふんいき》に戻《もど》ったカディオが無邪気《むじゃき》な笑顔で逃避《とうひ》を阻止《そし》する。

「いいえ、普通《ふつう》は切れませんよ。単に今のは、居合いの技術を応用しただけです。あぁ、前にお話ししましたっけ？　こうして鞘《さや》から抜《ぬ》く動作で一撃《いちげき》を繰《く》り出すことを居合いというんです。ちなみに二撃目で相手にとどめを刺すところまでが一つの流れで……」

始まった。そういえば、彼は前世から武術に傾倒《けいとう》しているようだった。

記憶《きおく》がぼんやりしてきていると不安がっていたのに、なぜこんなところだけ鮮明《せんめい》なのか。やはり戦うことを生業《なりわい》としているからか。

熱く語り続けるカディオの背後で、子爵が泡を噴《ふ》いて気絶していた。


捕縛《ほばく》した面々は、全て王宮に連行しなければならない。

取り調べもまだだし、余罪の洗い出しなども済んでいない。それらは騎士団の管轄《かんかつ》だった。

騎士団の兵舎前に転がしておくのが一番手っ取り早いが、ローザリアとて説明責任があることは理解している。

深夜の王宮。

ローザリアはその一角、極めて私的な応接間に通されていた。

機密保持のためだろう、静まり返った室内には使用人さえいない。

人払《ひとばら》いを行い、話し合いの場を設けたレンヴィルドが、半眼でローザリアを見据《みす》えていた。

「信じられない……」

「このような夜更《よふ》けにお呼び立てしてしまったこと、申し訳なく思っておりますわ」

「そこもだけれど、窃盗《せっとう》集団とそれを裏で操《あやつ》っていた子爵の捕縛、及《およ》び証拠《しょうこ》固めという大立ち回りを淑女《しゅくじょ》がたった一晩で成し遂《と》げてしまったことが、何より信じがたい」

しみじみとした彼の発言に、集まった面々は苦笑いをしている。

応接間には今回の関係者が一堂に会していた。

デュラリオンにレイリカ、そしてシン王子も要請《ようせい》に応じてくれている。

非常識な時間帯での呼び出しにもかかわらず、普段《ふだん》からぼんやりしているシン以外は揃《そろ》って緊張感《きんちょうかん》のある面持《おもも》ちだ。

ローザリアはそれらを見渡《みわた》してから口を開いた。

「レンヴィルド様がおっしゃったように、わたくしは先ほどドルーヴを建設した組合の代表、そしてその背後に付いていた子爵を捕縛いたしました」

レイリカとデュラリオンの表情が動くのを確認《かくにん》しつつ、ローザリアは続けた。

「つきましては今回の一件についてご説明させていただきたいのですが、まずはカラヴァリエ伯爵《はくしゃく》から事情をお聞かせいただく必要があると存じます。ここ最近、あなたの領地で起こっていた問題について」

促《うなが》すも、彼女の口はなかなか重いようだ。

当然だろう。領主とは、領地の不利益になるようなことは話したがらないものだ。

ローザリアはさらに付け加えた。

「今回の捕縛を手伝ってくださったのは、そちらにいるレンヴィルド様の護衛騎士《きし》です。そして子爵達は、こちらにいらっしゃるシン殿下がドルーヴをあからさまに調べていたために、口《くち》封《ふう》じに動いておりました」

既《すで》に領地内で収まる話じゃない。

暗にそう告げると、レイリカは疲《つか》れた素振《そぶ》りでソファにもたれかかった。

「……そうだね。これだけ迷惑《めいわく》をかけた以上、もう黙《だま》っていることはできないようだ。もっとも、ローザリア嬢《じょう》は既に全てを理解しておられるようだけれど」

辛《つら》そうな笑みを浮かべる彼女を、デュラリオンが見守っている。彼も胸中複雑そうだが異論はないようだ。

「発端《ほったん》は、兵士達が鍛練《たんれん》の最中に偶然《ぐうぜん》鉱山を掘《ほ》り当てたことからだった」

兵士達の訓練法が独特であることはともかく、レイリカは語りだす。

成分を調べた結果、採れたのはレンガの原料に使われる頁岩《けつがん》だった。

兵士らが掘り出しただけでもかなりの量だ。きちんと開発をすれば、領地を潤《うるお》す一大産業となるかもしれない。

レイリカ達は束《つか》の間喜んだ。

けれどさらに詳《くわ》しく調べる内に、価値のないものであることが判明してしまった。

ローザリアが予想していた通り、カルシウム含量《がんりょう》が多すぎるためにレンガの材料として全く使えなかったのだ。

「そんな時だよ。大量に保管していた頁岩が、忽然《こつぜん》と消えてしまったのは」

もしかしたら、浮かれた誰《だれ》かが外部の者にでも口を滑《すべ》らせたのかもしれない。

頁岩は現在レスティリアでは産出されず、完全に輸入に頼っている。

そのためレンガ自体がとても高価で、おそらく今回盗《ぬす》みに走った業者は資材費を安く抑《おさ》えようと目論《もくろ》んでいたのだろう。

カラヴァリエ家としては、盗まれたところで痛くも痒《かゆ》くもないくず石。だが、もしあれがレンガの材料として使用されたら。それを使って家でも建てられたら。

「粗悪《そあく》な頁岩を、カラヴァリエ家に無理やり売り付けられたと騒《さわ》ぎ立てられては堪《たま》らない。盗みまでするような悪党達が、こちらに罪をなすり付けないという保証はないだろう？　そもそも潔白を証明できたとしても、一度生じた悪評というのはいつまでもついて回るものだ。だから、急いで回収しなければならないと思った」

とはいえ騒ぎを大きくしたくないので、あからさまに動くことはできない。

デュラリオンが頻繁《ひんぱん》に街へ出かけていたのも、レイリカ自身が王都にやって来たのも、調査にかける人員を最小限にするためだったという。

話を聞き終えたローザリアは、深く頷《うなず》いた。

「よく分かりました。そのため、噂《うわさ》になってしまうほど不審《ふしん》な動きを見せていたシン殿下が調査員と勘違《かんちが》いされ、一連の流れがややこしくなったのですね」

「シン・ティエン殿下。全く意図していなかったとはいえ、御身《おんみ》を危険にさらしてしまったこと、深くお詫《わ》び申し上げます」

レイリカが立ち上がって腰《こし》を折ると、デュラリオンもそれにならう。

真摯《しんし》な謝罪にも、シンは眠《ねむ》たげな表情のまま答えた。

「面《おもて》を上げろ。狙《ねら》われるような振《ふ》る舞いをしたこちらにも、非はある」

というか、そもそも使節団に紛《まぎ》れて入国しているところから混乱は始まっている。

王族らしく振る舞うシンを、ローザリアとレンヴィルドは微妙《びみょう》な表情で眺《なが》めた。

「俺は、使節団の一員として来た。あの複合型施設《しせつ》に使われているレンガが脆《もろ》いことは、すぐに気付いた。施設を調査した辺りから何者かに付け狙われ始めたことも。とはいえこうして無傷だし、潜伏《せんぷく》している間は街中の壁《かべ》を見学できた。だから、問題ない」

壁を見て回れたことがよほど嬉《うれ》しかったのか、シンはやけに饒舌《じょうぜつ》だ。

彼の視線がローザリアに向いた。

「貧民街に普及《ふきゅう》している土壁の品質向上は、君が発案したことらしいな」

シンは現在、賓客《ひんかく》として王宮に滞在《たいざい》している。おそらく親交を深める過程でレンヴィルド辺りから聞いたのだろう。

ローザリアが頷くと、燈火《とうか》のような瞳《ひとみ》が僅《わず》かに細められた。

「俺は、建築物を調べれば、その土地の年間を通した気候が大体分かる。今回歩き回って、色々な建物に触《ふ》れ合った。結論から言わせてもらう。レスティリア王国は――土壁が適しているとは言いがたい」

ローザリアは、思いも寄らない言葉に目を見開いた。

「土壁の家、毎年氾濫《はんらん》のたび、適当に建て直していたのではないか?」

「……ええ、そう聞いています。住民達からすれば、だからこそ頑丈《がんじょう》な壁にしたところで、という部分もあったらしく……」

「シャンタン国と違って、乾燥《かんそう》地帯でもないしな」

貧民街の家は壁が薄《うす》く適当な造りだった。毎年梅雨《つゆ》には川が氾濫し、そのたび建て直さねばならなかったためだ。それはゴロツキ達からも聞いていたけれど。

珍《めずら》しく動揺《どうよう》するローザリアを、カディオが心配そうに見つめている。

安心させるための笑顔《えがお》さえ、今は返す余裕《よゆう》がなかった。鼓動《こどう》がやけに速い。

確かに本で得た知識だけでは限界があると気付いていた。

だとしても、こうしてはっきりと間違いを突《つ》き付けられたのは初めてだった。

ほとんど呆然《ぼうぜん》としているローザリアに、シンは付け加えた。

「シャンタン国でも、水辺の地域に住む者はいる。そういう場合、建物の下部を木造にして、屋根を大きく取るのが重要なんだ」

治水工事が始まるならば、氾濫の頻度《ひんど》もこの先減っていくだろう。

そうなれば、土壁の家は問題なく普及できる。シンは最後にそう締《し》めくくった。

「普及には、問題がないのですね……」

ローザリアが胸を撫《な》で下ろしていると、シンはなぜかしたり顔で頷いた。

「確か、ローザリア嬢と言ったたな。今回は修正が必要だったが、君の提案自体は実に興味深かった。壁を愛する心とは、すなわち国を愛する心」

「はぁ……」

どこがすなわちなのかさっぱり理解できなかったが曖昧《あいまい》に頷いておく。先ほどの衝撃《しょうげき》が冷めやらないためか、あまり頭が働かない。

「その情熱、気に入った」

「お褒《ほ》めに与《あずか》り光栄です」

「君は、とてもいい」

「ありがとうございます」

「好きだ」

「どうも、」

惰性《だせい》で感謝を述べかけ、ローザリアは硬直《こうちょく》した。

見れば、その場に集《つど》う誰もが固まっている。

なぜか指一本動かせないほどピンと空気が張り詰《つ》めていた。次の一手を誤れば、取り返しのつかないことになってしまいそうな息苦しさ。

そんな中、シンだけはいつもの無気力そうな表情のまま、こてりと首を傾《かし》げた。

「……俺は、言葉を間違えたか？」

彼の独特の空気感のせいか、どっと力が抜《ぬ》けた。

おそらくシン以外の全員の頭の中に、外交の政治的駆《か》け引きなどがよぎっていただろう。もしかしたらカディオも彼と同じくらい何も考えていなかったかもしれないが。

「ローザリア嬢。この気持ちを、こちらの言葉では何と表現するのだ？　同志に巡《めぐ》り合えた喜び、壁への情熱を分かち合える稀有《けう》な存在へ、この好意を伝えるには――」

再び渾沌《こんとん》としてきたところで、レンヴィルドが軽く手を叩《たた》いた。

「さぁ、そろそろお開きにしてもいい頃合《ころあ》いではないかな？　いつまでもこうしていては明日に差し支《つか》える。明日というか、もう今日だけれど」

かなり雑な方向転換《てんかん》だったが、話を変えるのは全面的に賛成だ。シンが何を勘違いしている

のか知らないが、ローザリアは決して同志ではないのだから。

「そうですわね。一刻も早く解散して就寝《しゅうしん》しなければ、きっと皆《みな》さま大変ですもの」

動揺を綺麗《きれい》に拭《ぬぐ》いながら、レンヴィルドに話を合わせる。

すると彼は怪訝《けげん》な表情になった。

「大変なのは、あなたも同じだろう？」

明日は平日、通常通りに授業が行われる。

なのにローザリアは相も変わらず他人事《ひとごと》のまま、輝《かがや》くような笑みを浮《う》かべた。

「わたくしはもちろん、仕事も責任も一切《いっさい》ございませんから、ゆっくり休ませていただきます

わ。生徒達の規範《きはん》となるべき方々は苦労いたしますわね」

堂々と欠席宣言をするローザリアに、レンヴィルドもデュラリオンも半眼になった。

呼び出した張本人が、という非難を痛いほど感じる。けれど悪事を働いたのは子爵《ししゃく》であって

ローザリアではない。

無言の糾弾《きゅうだん》を、ローザリアは鉄壁《てっぺき》の笑顔でいなし続けた。

ようやく解散の運びとなり、グレディオールと王宮の通路を歩く。

「――ローザリア嬢《じょう》」

「キャッ」

突然《とつぜん》背後で名を呼んだのは、シンだ。全く気配がなかった。

「殿下《でんか》。大きな声を上げてしまい、失礼いたしました」

ローザリアは落ち着かない心臓を押さえながら頭を下げる。

こちらに非など全くないが、王族が相手では通らない言い分だ。

何か用件があるのかとしばらく待ってみるも、シンはローザリアをじっと見つめたままだ。

彼の突飛《とつぴ》な言動は今に始まったことではない。ローザリアは無礼を承知で自ら口を開いた。

「こうして言葉を交わすのは、屋敷《やしき》にお越《こ》しいただいた時以来になりますわね」

「君の屋敷の壁材に使われていた、石灰岩《せつかいがん》の柔《やわ》らかな質感は、記憶《きおく》に新しいな」

相変わらずな返答に笑顔でいられるのは、もはや呆《あき》れなど乗り越えているからだ。

延々と続くであろう壁への賛辞を適当に聞き流す構えでいると、シンは橙色《だいだいいろ》の瞳を細めた。

「あの日のことを、後悔《こうかい》していた。俺は、君との連絡《れんらく》手段を持っていない。君は、今まで出会ったどの女性より聡明《そうめい》で、魅力的《みりょく》だ」

「え……」

動揺して、危《あや》うく声が上擦《うわず》るところだった。

ローザリアは屋敷に閉じ籠《こ》もって生きてきたから、想《おも》いを伝えるのも伝えられるのも慣れていない。情熱的な言葉の数々を冷静に対処しきれなかった。

反射的に後退《あとずさ》った距離《きょり》を、シンがぐいと詰める。

「会いたかった、君に。忘れられなかった」

「ええと、その」

「君の髪《かみ》は、白雲母《はくうんも》の原石に近い色合いだな。どこか金属質に思える輝き方が、よく似ていると思うのだがどうだろう？」

「…………はい？」

頬《ほお》に集まりかけた熱が一瞬《いっしゅん》にして散っていく。至極真面目《しごくまじめ》な顔で、なぜ急に石談議。

何とも言えない空気になるが、割り入って終止符《しゅうしふ》を打ったのはレンヴィルドだった。

「勝手な行動は困りますね、シン殿下」

制止されたシンは無表情ながら、どこか不満そうに目をすがめた。

「邪魔《じゃま》をするな、レンヴィルド。せっかく口説いている途中《とちゅう》なのに」

彼の口から思いもよらない単語が飛び出し、ローザリアは内心驚愕《きょうがく》した。よもやあの謎《なぞ》めいた石談議まで口説き文句だったなんて。

レンヴィルドも同様に感じているらしく、ガックリと脱力《だつりょく》した。

「本気で口説いていたとするならあまりに悲惨《ひさん》な内容でしたけれどね……。しかしそれならばなおさら、私には介入《かいにゅう》する権利があるはずですが？」

『薔薇姫《ばらひめ》』であるローザリアを他国へ嫁《とつ》がせるには、頭の痛い問題が多い。しかも王族相手となれば、レスティリア王国の王族として口出ししたくもなるというものだ。

「とにかく、今日のところは客間にお戻《もど》りください。迷惑《めいわく》になりますから」

「俺は、ローザリア嬢の迷惑になっていない」

「私の迷惑になっているんです。眠《ねむ》い。一刻も早く寝《ね》たい」

「なるほど。ならば納得《なっとく》がいった」

ずいぶん打ち解けた様子で軽快なやり取りを交わすと、レンヴィルドが振《ふ》り向いた。

「というわけでおやすみ、ローザリア嬢。いい夢が見られるよう心から祈《いの》っているよ」

これからゆっくり睡眠《すいみん》をとる予定のローザリアをチクリと皮肉ると、王族達は慌《あわ》ただしく去っていく。まるで嵐《あらし》のようだ。

呆然《ぼうぜん》と立ち尽《つ》くすローザリアの背後から、クスクスと忍《しの》び笑いが漏《も》れた。

やけに耳馴染《みみなじ》みのいい魅惑《みわく》的な美声は、確かめるまでもなくレイリカのものだ。先に帰らせたのだろうかデュラリオンの姿はない。

「……カラヴァリエ伯爵《はくしやく》。他人の不幸を笑うなど、失礼ではございませんか」

「王族に口説かれて不幸と言い切るあなたの方が、よほど失礼だと思うけれどね。あぁ、私のことはレイリカで構わないよ」

あの馬鹿《ばか》馬鹿しい騒《さわ》ぎを一部始終見られていたのかと思うと居たたまれない。

美しい笑《え》みを湛《たた》えたレイリカは真顔になると、きっぱり頭を下げた。

「ローザリア嬢、改めてお礼を言わせてほしい。あなたのおかげで我が領は救われた」

「とんでもないことです。わたくしも、自らの利益のために動いたまでですから」

慌てて頭を上げさせるローザリアに、彼女は苦笑《くしよう》をこぼした。完璧《かんぺき》な美貌《びぼう》を誇るレイリカではあるが、こういった人間味のある表情の方がより魅力的に映る。

二人はどちらからともなく歩き出した。

「そうは言っても、あなたは今回の件に巻き込まれただけでしょう？　意外に偽悪《ぎあく》的だね」

「あなた様ほど素晴《すば》らしい方にお褒めいただくなんて光栄ですわ」

「おや。『極悪令嬢』に過分な評価をいただけるなんて、こちらこそおそれ多いよ」

レンヴィルドと交わすような軽口もなぜか違和感《いわかん》がなく、二人は微笑《ほほえ》みを交わす。

そうしてしばらく進んでいると、レイリカが不意に口を開いた。

「カディオ殿《どの》と知り合ったのは、領地目当てで言い寄る男に辟易《へきえき》している時でね」

「はい？」

「助けてくれるだけじゃなく、彼は自分を利用していいと言ってくれたのさ。浮き名の一つや二つ増えたところで、傷付くような名誉《めいよ》じゃないと」

突然何の話かと思ったが、徐々《じょじょ》にその意味が浸透《しんとう》していく。

過去の『カディオ・グラント』の本命という疑いがあったけれど。

「それは、つまり……」

「ご想像通り、彼は恋人《こいびと》というより理解者、協力者といった感じかな？」

レイリカはいたずらっぽく片目をつむった。何とも魅力的な笑みだ。

「あなたは、きっと真相を知りたがっているのではないかと思って。……まぁ、選《よ》りどりみどりのようだから、私の心配は無用だったかな？」

後半は耳元で囁《ささや》くも、その口調は多分にからかいを含《ふく》んでいる。

先ほどのシンの告白もどきのことを言っているのなら人が悪いというものだ。

ローザリアが半眼になると、彼女は軽快に笑った。

そのままヒラリと手を振って去っていく。

すっかり見透《みす》かされていることが悔《くや》しくもあったけれど、安堵《あんど》の方がずっと大きい。過去は過去と割り切っているつもりでも、やはり心の片隅《かたすみ》に引っかかっていた。

その憂《うれ》いも、完全に取り払《はら》われていく。

颯爽《さっそう》と進む背中を見つめながら、ローザリアはいつの間にか笑みを浮《う》かべていた。

寮《りょう》に戻り、自室の窓辺に佇《たたず》む。

空は白み始め、既《すで》に夜明けを迎《むか》えようとしていた。

新しい朝の新鮮《しんせん》な空気をいっぱいに吸い込む。

やがて、じわじわと稜線《りょうせん》から緋色《ひいろ》が広がり、空を焼き尽くすかのように呑《の》み込んでいく。

今日ローザリアは、十六年という歳月をかけて培《つちか》った知識を、真っ向から否定された。

——わたくしは、本を読んで知った気になっていただけね。世界は広い。知識だけでは分からない世界がある……。

けれど込み上げるのは悔しさや悲しみ、自省の念ばかりではなかった。

ローザリアは胸を押さえる。

どうしようもなく、期待が高まってしまう。

こんなにも、世界は未知に溢《あふ》れている。

それにこの先も触《ふ》れていけるのだ。

ついに顔を出した太陽が、黄金の光を放射状に伸《の》ばした。

山も森も空も、全《すべ》てが光り輝《かがや》いている。

鳥のさえずりに交じって、どこからかガタゴトと荷馬車の走る音がする。日が昇《のぼ》りきらない内から畑仕事でも始めるのだろうか。

希望に満ちた光景を、肌《はだ》で感じる熱を、音を、心に刻み込む。

この美しさを、ローザリアはきっと忘れない。

# 第5話　勝ち取ったのはさらなる嵐

いよいよ新学期が始まった。

真新しい制服に身を包んだ生徒達の賑《にぎ》やかさは、卒業生が去った分の隙間《すきま》を埋《う》めてくれる。

あの勝ち気なスーリエ家の令嬢《れいじょう》も入学を果たし、今頃《いまごろ》友人づくりや人脈づくり、はたまた取り巻きづくりに勤《いそ》しんでいることだろう。

入学式も滞《とどこお》りなく済み、催事《さいじ》続きで走り回っていた執行部《しっこうぶ》の面々もやっと落ち着いた。

まだ就任前だというのにレンヴィルドとアレイシスも裏方として働かされていたため、今日のお茶会は久しぶりの開催《かいさい》だった。

ミリアが淹《い》れてくれたのは、カモミールとオレンジのハーブティー。

心を安らげる効果のあるカモミールだが、男性陣《じん》にはハーブが苦手な者もいる。そこに爽《さわ》やかなオレンジで香《かお》り付けをすることでとても飲みやすくなっていた。

「色んなことが、一度に起こりすぎていたせいかな。こんなふうにのんびりと過ごせることがいかに幸せか実感するよ」

ゆっくりハーブティーを味わっていたレンヴィルドが、しみじみと口にする。

やけにこちらを見ているような気がするが、ローザリアは完璧な笑みで跳《は》ね返した。

「あとは、来月の選挙戦さえ乗り越《こ》えれば落ち着くはずだよな……」

アレイシスのうわ言のような呟《つぶや》きに対し、執行部歴の長いフォルセが今後の活動についてをサラリと答えた。

「まぁ、校規の見直しや予算委員会なんかの地味な仕事がすぐに始まるけれどね」

「しんどすぎるだろ……」

義弟《おとうと》はうめきながら項垂《うなだ》れた。

男性陣のあまりに鬱々《うつうつ》とした様子に、ルーティエがことさら明るい声を出して励《はげ》ます。

「お疲《つか》れ様！　毎日すごく頑張《がんば》ってるの、ちゃんと見てたよ！　これ、今日のために作ってきたパウンドケーキ！　みんなで食べて元気出して？」

アレイシスは目の前に差し出されたパウンドケーキよりも、むしろ輝かしいルーティエの笑顔に釘付《くぎづ》けだった。

そのまま彼女の優《やさ》しさを噛《か》み締《し》めるようにそっと目を閉じる。

「俺、執行部にルーティエがいてくれたら、それだけで毎日頑張れそうな気がする……」

「何!?　ルーティエ先輩《せんぱい》を無理やり引き込んだら、職権濫用《らんよう》で訴《うった》えてやるからな！」

おかしな妄想《もうそう》を繰《く》り広げ始めるアレイシスに、すかさずジラルドが噛み付く。

二人の争いが激化する前に、ルーティエはなぜか頑《かたく》ななほど首を振《ふ》った。

「わ、私に執行部なんて務まるわけないよ！　無理無理！　絶対に無理！」

「なぜ？　あなたは成績優秀《ゆうしゅう》だし、執行部入りできるくらいの能力はあると思うけれど」

ローザリアが首を傾《かし》げて問うと、彼女は周囲を見回しながらもどかしげに口を動かした。

どうやら理由を話そうにも、この場では難しいらしい。

「だってもし、シナリオ通りに……その、とにかく無理なの！　私には無理！」

無理の乱発ぶりに、アレイシスの心が挫《くじ》けた。

「そこまで必死に否定しなくても……」

「あ、ごめんね!?　そんなつもりじゃ……」

にわかに騒《さわ》がしくなる談話室。

日常がようやく戻《もど》ってきたような気がして、ローザリアは薄《うす》く微笑《ほほえ》んだ。

対照的に、何とかアレイシスを宥《なだ》めたルーティエはどこか気落ちした様子だ。

「でも、残念だよね。みんなでもう一度行きたかったのに、ドルーヴが閉鎖《へいさ》なんて」

ドルーヴは現在、当然ながら閉鎖されている。

建物自体が子爵《ししゃく》らの犯罪の証拠《しょうこ》でもあるし、何より粗悪《そあく》なレンガを使っているため強度に問題がある。連日の混《こ》み具合から考えても大事故に繋《つな》がる可能性は高い。

補強が完全に終わるまで、当面は閉鎖という形で落ち着いていた。

「再開を楽しみに待ちましょう。たとえ数年後であっても、必ず」

もしまたドルーヴが再開することがあっても、オーナーは確実に代わっているだろうが。

裏事情はルーティエにも話していないので、不確かな口約束しかできない。

それでも彼女は嬉《うれ》しそうに笑った。

「……何か、いいね。未来の約束って、私初めてかも」

病弱だったという前世を思い出しているのだろう。

翡翠色《ひすいいろ》の瞳《ひとみ》は見たことがないほど繊細《せんさい》で、透明《とうめい》で、美しかった。

胸が詰《つ》まって何も返せずにいると、談話室の扉《とびら》を叩《たた》く音が響《ひび》いた。

「歓談《かんだん》中にすまない」

現れたのはデュラリオンだった。

深夜の会談中はそれなりに表情豊かだったけれど、すっかりいつもの生真面目《きまじめ》な雰囲気《ふんいき》だ。

ローザリアに用事があるようで、レンヴィルドやフォルセへの挨拶《あいさつ》を終えた彼の視線は真っ直《す》ぐこちらを向いている。

「君の従者殿《どの》に聞いたら、こちらにいると教えられた。友人との時間を邪魔《じゃま》したくなかったのだが、なるべく早めに提出してもらいたい書類があったのでな」

「それで、わざわざ届けてくださったのですね。恐縮《きょうしゅく》ですわ」

ローザリアは立ち上がると、厚みのある封筒《ふうとう》を受け取った。

その際、デュラリオンは凛々《りり》しい眉《まゆ》をぐっと寄せた。

「今回は君の思惑《おもわく》に従ったが……こんなことは、これきりで頼《たの》む」

「あら、思惑だなんて失礼なおっしゃりよう。わたくしはただお願いをしただけですのに、まるで脅迫《きょうはく》でもしたかのようではございませんか」

心外だとばかりに首を振ると、彼はますます顔をしかめた。

「……以前言ったことは訂正《ていせい》しよう。やはり君は、噂《うわさ》に違《たが》わぬ『極悪《ごくあく》令嬢』だ」

ローザリアは無言のまま、くっと口角を引き上げて微笑んだ。

それだけでデュラリオンは怯《ひる》んだようで、挨拶もそこそこに退出していく。

二人のやり取りを、他《ほか》の面々は不思議そうに見つめていた。


翌週。来月の選挙戦に向け、候補者が一斉《いっせい》に告示された。

今年はほとんどの役職の立候補者が一名ずつしか選出されていないので、レンヴィルドやアレイシスはほぼ当選確実といった様相だ。

争いが熾烈《しれつ》な枠《わく》はたった一つ。

あらゆる事務作業の担《にな》い手である、庶務《しょむ》だ。

そこには五名の名が記されていた。

誰《だれ》もが家柄《いえがら》よく、何らかの分野で優秀な成績を収める者達ばかり。

その中に、掲示板《けいじばん》前に集まる生徒達をざわつかせる名前があった。


『ローザリア・セルトフェル』


選挙戦は、現執行部員二名以上からの推薦《すいせん》を受けた数名が出馬する方式となっている。

ローザリアはこれをフォルセと、デュラリオンに頼んでいた。

今回の騒動《そうどう》で少なからず恩義を感じていたデュラリオンは了承《りょうしょう》してくれたが、選挙に関する小冊子が既《すで》に完成していたため、ねじ込むだけでもかなり骨の折れる作業だったらしい。

驚愕《きょうがく》の渦《うず》が巻き起こっている掲示板前を、ローザリアは遠くから観察していた。

嫌《きら》われ者の『極悪令嬢』が選挙戦に立候補したところで勝ち目などないように思える。

けれどローザリアは、当選を確信していた。

ずっと以前から根回しに勤しみ、選挙活動を行っていたのだ。


「……僕、セルトフェル嬢に入れようかな」

生徒の一人がポツリと呟いた。

意外そうな反応をする周囲に、彼は慌《あわ》てて理由を語る。

「以前、僕が育て……いや、裏庭に咲《さ》いている花を、綺麗《きれい》だとおっしゃっていたんだ。恐《おそ》ろしい噂ばかり流れているけど、実は心優しい方なんじゃないかなって」

すると触発《しょくはつ》されたのか、他の生徒も口々に話し出す。

「そういえば、俺が図書館で勉強している時もさりげなく解き方を教えてくれたな。偉《えら》ぶることなく、ここまで解けただけですごいとか何とか」

「私も、落としたハンカチを拾っていただいたわ。その時制服のリボンを直してくださったのだけど、その笑顔《えがお》がもう……っ」

ほう、と熱いため息をこぼす女生徒に、神妙《しんみょう》な顔の男子生徒が続いた。

「実は俺さぁ、何度か見たことがあるんだよね。セルトフェル嬢《じょう》が校舎裏とか講堂裏で、令嬢達に囲まれているところ」

「あぁ、その話なら僕も知っているよ。何でも特待生に対してしつこく嫌《いや》がらせしていた令嬢達を、毅然《きぜん》と窘《たしな》めたとか」

「まぁ、素敵《すてき》！　そういえば以前にも、悪漢を退けシャンタン国の王子殿下《でんか》を保護なさったと噂になっておりましたものね！」

「弱き立場にある者を助ける。まさに貴族の鑑《かがみ》ではございませんか！」

ルーティエを脅《おど》そうとしていた令嬢達を逆に脅し返していた件まで持ち出されるのは想定外だったものの、思いがけなく彼女への嫌がらせが減りそうで何よりだ。

彼らの盛り上がりようは、概《おおむ》ね満足のいく結果だった。

『窮地《きゅうち》に颯爽《さっそう》と駆《か》け付ける騎士《きし》様のよう』だの『麗《うるわ》しのお姉様』だのどんどん話が飛躍《ひやく》しているものの、善性も併《あわ》せ持つと刷り込みさえできればこちらのものだった。

下級貴族とは発言力がない分、潮流に敏感《びんかん》だ。

多勢につく重要性を何よりも理解し、時勢を読むことに長《た》けている。

学園に所属する大多数が下級貴族の子だ。案の定、誰もが顔を見合わせ戸惑《とまど》い始めていた。

立候補している者達にもそれなりの派閥《はばつ》はあるはずだが、『極悪令嬢』が話題に上る回数は圧倒《あっとう》的だ。気運は一気に高まるだろう。

レンヴィルドと親しいことは、今まで反感や不満の理由の一つだったけれど、ここに至って追い風となる。あの傑物《けつぶつ》とされる王弟《おうてい》殿下が懇意《こんい》にしているのだから、『極悪令嬢』が噂通りの悪人であるはずないと。

こっそりほくそ笑んでいたところで、不躾《ぶしつけ》に腕《うで》を摑《つか》まれた。

未婚《みこん》の令嬢にみだりに触《ふ》れるのは無礼な行為《こうい》だ。

貴族が多く通う学園で、これほど荒《あら》っぽい真似《まね》をする者は少ない。ローザリアは滅多《めった》にない経験に目を瞬《また》かせる。

しかもそれを行ったのが、王弟殿下であるなんて。

「……レンヴィルド様？」

ローザリアの問いかけに、彼は答えない。ニコニコと微笑むばかりだ。

けれどそれは、いつもの穏《おだ》やかな笑みとは比べものにならないほど迫力《はくりょく》があった。

「やぁ、ローザリア嬢。少々私に付き合っていただけるかな？」

こめかみにくっきり浮《う》かぶ青筋を見て、ローザリアはただ小刻みに頷《うなず》いた。

なぜ彼が猛烈《もうれつ》に怒《おこ》っているのか心当たりはないものの、大人しく従った方がよさそうだ。

レンヴィルドに連行されたのは、歴史学の資料室だった。

そういえば編入初日、アレイシスと内密の会話をするために利用した覚えがある。

相変わらず雑多なもので溢《あふ》れ返っているというのに、そのくせ閑散《かんさん》とした雰囲気。扉を閉めると生徒達の気配がすっと遠ざかった。

彼は向かい合ってすぐ、額を押さえため息を吐《つ》き出した。

「デュラリオンに恩を売ることに、こんな目的があったとは……。そうか、あのお茶会の時彼が持ってきた書類。あれは執行部《しっこうぶ》への推薦に関するものだったのか。何の役職にも就《つ》いていないあなたに書類なんて、普段《ふだん》ならばおかしいと気付くはずなのに……」

道中目まぐるしく思考していたのだろう。彼の愚痴《ぐち》めいた推論は留《とど》まるところを知らない。

「あの時言っていたポジティブキャンペーン？　とかいうのも、今思えばこのための布石だったのか。あぁもう、重なる疲労《ひろう》で判断力が鈍《にぶ》っていたとしか思えない……」

「今も十分判断力が低下していると思いますけれど」

従者も護衛もいない状態で、令嬢を密室に連れ込むなんて。もしも誰かに見られていれば、どんな勘違《かんちが》いをされても反論できない状況《じょうきょう》だ。

レンヴィルドもようやくそこに思い至ったようで、一気に顔面を蒼白《そうはく》にした。

「本当だ……」

それほどまでに精神が追い詰《つ》められているということなのだろう。

ローザリアは気にしていないと微笑《ほほえ》んだ。

「まぁ、わたくしとしても都合がいいですけれど。レンヴィルド様には、お訊《き》きしたいことが多々ございましたし」

尋問《じんもん》される立場から一転。

形勢逆転とばかりに腕を組むと、冷静になったレンヴィルドが見るからに怯む。

「なぜ、使節の存在を黙《だま》っていたのですか？」

「う、」

反応から、訊かれるだろうと予測していたことが分かる。

それがなおさら癪《しゃく》に障《さわ》った。

「わたくしも、新たに講師となる人物が必要であることは承知しておりました。にもかかわらず、使節の存在を黙っていたなんて。何かしらの思惑があるのではと疑われても仕方のない状況であることは、理解しておられますわよね？」

話している内に、ローザリアは少なからず憤《いきどお》っていることを自覚した。

相談してくれればよかった。いい友人だと思っていたのは自分だけだったのだろうか。

詰《なじ》るようにひたすら無言で睨《にら》み続けていると、レンヴィルドは陥落《かんらく》した。

「あなたに隠《かく》しごとはできないな。……本当に、色んな意味で」

彼の苦笑《くしょう》に混じっているのは諦念《ていねん》と、それだけではない何か。瞳《ひとみ》に宿る感情は複雑すぎて、ローザリアには推《お》し量れない。

だからただ、黙り込むしかなかった。

「この度《たび》の使節招聘《しょうへい》は土壁《つちかべ》技術を学ぶためという名目だが、陛下はこれを機にシャンタン国との友好関係を築きたいと考えていらっしゃった。ところが王宮内も、まだまだ一枚岩とは言いがたくてね」

「ということは、つまり――今回の一件は裏に反王制派がいたと？」

レンヴィルドは以前の誘拐騒《ゆうかいさわ》ぎののち、革新的な提案をしたとして下級貴族達の心を掌握《しょうあく》していたはずだ。

そして穏健《おんけん》派の大半は陛下を支持している。

国王の政策に真っ向から対立するそれなりの規模を持つ派閥といえば、反王制派以外にあり得なかった。

「反王制派は、どの階級にも少なからずいる。今回主犯として捕《つか》まった子爵《ししゃく》もそうだ」

レンヴィルドは否定も肯定《こうてい》もせずに続けた。

それだけで、この根深い問題が本当の意味では解決していないことに気付く。子爵が捕まっただけでは、ただのトカゲのしっぽ切りだったのだ。

「彼らはとにかく、国の方針に反対すればいいと思っているような輩《やから》だ。当然今回の使節の招聘についても、必要のない経費を血税から捻出《ねんしゅつ》するのは民意に反すると言い出した」

貧民街の住民より王都民の方が数も多く、発言力がある。

他人の苦労に共感できない者は悲しいことに一定数おり、反王制派の主張は全くのでたらめというわけでもなかった。

「それでも陛下は彼らを説得しようと努められたよ。シャンタン国との交易が盛んになる利点も挙げられた。それでも、彼らは文句を言いたいのさ。そもそも土壁の普及《ふきゅう》など必要ないと言い出す者まで現れだす始末」

貧民街の生活水準向上のためにシャンタン国の使節を招いたのに、その大前提を覆《くつがえ》そうとするのだから呆《あき》れてしまう。

ローザリアも思わず苦々しい顔になった。

「彼らも、高位の人物を招けば黙らざるを得ないだろうと思った。とはいえ高位でありながら土壁技術に詳《くわ》しい者などどれほど稀少《きしょう》か。このままでは使節の招聘すら不可能なのではと危《あや》ぶんでいる時、調査でシン殿下の存在を知った。私は使節の招聘と同時に、留学という形で殿下を招くことはできないかと考えた。最悪使節の方を断られても、殿下と友誼《ゆうぎ》を結ぶ価値は大きいからね。けれど思惑《おもわく》は外れ、シャンタン国は招聘には応じてくれたものの、シン殿下《でんか》の留学については梨《なし》のつぶて。使節を招く大前提であった土壁技術を学ぼうにも、それ自体が頓挫《とんざ》してしまう恐《おそ》れがあったんだ」

そういった経緯《けいい》があったならば、シンがセルトフェル邸《てい》で保護されていると知った時、彼がどれほど驚愕《きょうがく》したか想像にかたくない。

もしかしたらシンは、だからこそ使節団に紛《まぎ》れ込むという暴挙に及《およ》んだのだろうか。

誰《だれ》だって、決して良好な関係とは言えない国に自国の王子を行かせたくなどないはず。シンのレスティリア行きは、確実にシャンタン国内で一度退けられているだろう。

けれど彼はどうしても諦《あきら》められなかった。

その方法がほぼ密入国のようなものであったことはともかく、そうまでしてレスティリア王国を訪《おとず》れてくれたことには感謝したい。

事情を語り終えると、レンヴィルドはいたずらっぽく肩《かた》をすくめた。

「まぁ、シン殿下が来たところで、土壁技術の普及にどれだけ協力してくれるかは未知数だったのだけれどね。変わった方だという情報も入っていたから」

「変わった方であることは否定いたしません」

突拍子《とっぴょうし》もない『好き』発言を思い出し、どっと疲《つか》れを感じる。

ローザリアが他人の調子に巻き込まれることは本来とても珍《めずら》しいことだ。

「シン殿下は、お元気にしていらっしゃいます？」

レンヴィルドは、ここでようやく心からの笑《え》みを浮かべた。

「元気にしているし、結構話していて面白《おもしろ》いよ。彼は裏表のないとても優《やさ》しい人だね。国同士の軋轢《あつれき》は抜《ぬ》きにして、土壁技術の普及に賛同してくださった」

いい報告ができたからか、それとも親しい友人ができたためか。彼自身も嬉《うれ》しそうだ。

シンが根っからの壁愛好家で、壁が関《かか》われば何でも安請《やすう》け合いをしそうな人物であることをここで指摘《してき》するのは野暮《やぼ》というものだろう。

「とにかく、シン殿下の招待には失敗してしまったし、使節の招聘自体が立ち消えになる可能性もあった。そのためわたくしには言い出せなかったと」

「本当に、申し訳なかったと思っている」

潔《いさぎよ》く謝罪するレンヴィルドに苦笑する。

王族という立場上簡単に頭を下げるべきではないとヘイシュベルを諭《さと》した時、彼もその場にいたはずなのに。

「あなたは、本当に損な性格です」

ローザリアは、優しい友人に不満をぶつけずにいられなかった。

「わたくしに一言、相談してくだされればよかった。そうすれば、何か協力できたでしょうに」

とはいえ、ほとんど役に立たないことくらい分かっている。

屋敷《やしき》から出たことのなかったローザリアに貴族らしい人脈は皆無《かいむ》と言っていい。

絶対的な味方は、家族と従者と専属侍女《じじょ》のみ。

友人と呼べる者も最近ようやく増えてきたところだ。

だから、これが八つ当たりであることはローザリア自身よく理解していた。

「そもそも、シャンタン国からの船が王都郊外《こうがい》の港に到着《とうちゃく》したというのは有名なお話です。隠す必要などはじめからございませんでした」

「そうか、そうだよね……って、一応秘密裏《ひみつり》に入港していただいたはずなのだけれどね……あなたならば仕方がないと、諦めてしまう自分がいるよ……」

「何でも言いたいことを言い合える。それが、友人というものなのでしょう？」

その一言で、レンヴィルドのまとう雰囲気《ふんいき》が劇的に変わった。

一切《いっさい》の表情が抜け落ちたかと思えば、静かにローザリアを見据《みす》える。先ほどと同じ、複雑な色合いの瞳で。

「……では、私も訊いていいかな？　なぜ執行部《しっこうぶ》に入ろうと考えたのか」

背中が、壁に当たる。

ローザリアは、自分が後退《あとずさ》っていたことに気付く。

それなのに、彼との距離《きょり》が変わっていない。同じ分だけ詰められているのだ。

「あなたは執行部の仕事を、煩《わずら》わしいと思っていたはずだ。それが、なぜ無理やり当選するような真似《まね》を？」

「もちろん、誰にとっても過ごしやすい学園になるよう、よりよい環境《かんきょう》づくりを目指していきたいからで……」

「建前はいい。執行部の仕事はくだらない雑用なんだろう？」

以前皮肉った時は流していたくせに、意外にもしっかり覚えているようだ。

ローザリアは旗色が悪くなっているのを感じながらも、動揺《どうよう》を見せずに答えた。

「いずれ、レンヴィルド様が会長を引き受けるのは目に見えておりましたから」

レンヴィルドは黙《だま》って耳を傾《かたむ》けている。

たった一年で、彼はずいぶん大人びた。身長も伸《の》びたのか、こうして近付くと目線の違《ちが》いがはっきり分かる。瞳の強さも。

「来年にはこの学園を卒業してしまう親友と、なるべく一緒《いっしょ》に過ごしたいと思うのは、それほどおかしなことですか？」

レンヴィルドが、ゆっくりと瞠目《どうもく》していく。

思ってもみない返答だったのか、無防備で幼い表情はいつもの彼に近い。

そのままじっと動かなくなってしまったので、ローザリアは恐る恐る覗《のぞ》き込んだ。

「……レンヴィルド様？」

彼は絞《しぼ》り出すように長々と息をつくと、壁にぐったり両手をついた。

奇《く》しくも、ローザリアを閉じ込めるような形だ。

さらに近付いた距離に内心ますます混乱する。

「……あなたはたまに、とてもずるいね」

「はい?」

ゆっくり顔を上げるレンヴィルドの瞳《ひとみ》を見て、ローザリアは自分がなぜこんなにも動揺しているのか分かった。

感じているのは、明らかな不安。

たとえ仲違《なかたが》いを起こしたとしても、レンヴィルドが手荒《てあら》な真似をするとは思わない。

それを断言できるくらいには彼を知っている。

ではこれは、何に対しての不安なのか。

どこまでも澄《す》んだ緑の瞳が、ただローザリアだけを映している。

完璧《かんぺき》に隠《かく》された感情。けれどそこに、穏《おだ》やかとは程遠《ほどとお》い獰猛《どうもう》な熱がちらついている。

それでいて、ひどくやるせない色をしているのだ。

金色の長い睫毛《まつげ》がかすかに震《ふる》えている。何かを必死に押し殺しているかのように。

……もしかしたらローザリアは、失いそうで不安なのかもしれない。

誰より、この友人を。友人という関係性を。

しかつめらしさを装《よそお》った顔が、ぐいと近付いた。

「あなたは、カディオに恋《こい》をしているくせに」

「とんでもないことですわ」

「そうやって誤魔化《ごまか》している内に、逃《に》げ場を失ってしまうかもしれないよ」

「少なくともレンヴィルド様は、誠実な方だと信じておりますもの」

「どうかな？」

彼は腕《うで》をどけてくれない。

うまく息ができなくて、ローザリアは僅《わず》かに顔を背《そむ》けた。

「……今ならまだ、寝不足《ねぶそく》ゆえの失態で済みますわ」

口にした途端《とたん》、カッと頬《ほお》が熱くなった。

震えないよう細心の注意を払《はら》ったにもかかわらず、どこか頼《たよ》りなげな声になってしまったためだ。悔《くや》しさと羞恥《しゅうち》がない交ぜになって込み上げる。

レンヴィルドが、ふと表情を緩《ゆる》めた。

無知な子どもを宥《なだ》めるような優しい苦笑《くしょう》。

あるいは、大切だからこそ、手加減をするような。

体温が、そっと離《はな》れていく。

「これくらい脅《おど》せば、少しは懲《こ》りたかな？」

「………はい？」

レンヴィルドの声の調子がガラリと変わったため怪訝《けげん》に思って振《ふ》り仰《あお》ぐと、彼は片頬を上げて笑っていた。珍しく意地悪げな表情に目が点になる。

「膨大《ぼうだい》な知識がありながら、あなたはひどく無防備になる時がある。外界を知らなかったのだし仕方がないことかもしれない。けれどこれからはそうも言っていられないと、知っておいてほしかったんだ。私達はそういう年頃《としごろ》なのだからね」

確かに周囲では日々縁談《えんだん》話が持ち上がっており、貴族でありながら憧《あこが》れや恋に浮《う》かれる男女も目にしている。ローザリアは、青春を謳歌《おうか》する生徒達を『薔薇姫《ばらひめ》』である自分には関係がないと遠巻きで眺《なが》めていた。ましてや『極悪令嬢《ごくあくれいじょう》』を好きになる奇特な者などいるはずがない。

けれど、たとえ『薔薇姫』でも恋愛《れんあい》対象になり得るのだから警戒心《けいかいしん》を持つべきと、レンヴィルドは考えたのだろう。だから年長者らしく諭したと。

真っ白になった頭にじわじわと理解が浸透《しんとう》すると、爆発《ばくはつ》しそうなほど体が熱くなった。

――裏で色々画策していたことへの意趣返《いしゅがえ》しだとしても、これはさすがに悪質だわ……っ！

恥《は》ずかしさと怒《いか》りで絶句するローザリアに、彼はさらに続けた。

「とはいえ先ほどの助言は本心だよ。悪い男に捕《つか》まらないためには、早めに素直《すなお》になるに限るからね。では、私はこの辺で。あなたも授業に遅《おく》れないようにね」

レンヴィルドがにこやかに去っていったあとも、屈辱《くつじょく》に震えるローザリアはしばらくその場から動けなかった。

だから、彼が今どんな顔をしているかなんて、気にも留めていなかったのだ。


一日があっという間に終わってしまった気がする。

特に学ぶことがないとはいえ授業内容も頭に入らないほど、資料室での出来事はローザリアにとって衝撃《しょうげき》だった。ルーティエにも日中散々心配された。

フラフラと病人のように廊下《ろうか》を徘徊《はいかい》したいところだが、今は周囲に注目されている立場なのでかろうじて顎《あご》を上げて歩く。

何も考えずに歩いていたら、いつの間にか校舎裏にたどり着いていた。

ルーティエに代わって呼び出しに応じていた経験が役立つなんて何とも奇妙《きみょう》なことだ。

周囲に気配がないことを確認《かくにん》すると、ローザリアは糸が切れたように座り込んだ。

「悔しい……」

ただ、その一言に尽《つ》きた。

簡単に騙《だま》されてしまったことが悔しい。いつものように皮肉を返せなくて悔しい。

そして、彼の囁《ささや》きや瞳の熱量を何度も思い出してしまう自分が何よりも悔しい。

ローザリアは膝《ひざ》を抱《かか》え、背中を丸めた。

頬が熱いのは怒りのせいだ。そうに決まっている。

「――ローザリア様？」

馴染《なじ》んだ声に顔を上げる。

そこに佇《たたず》んでいたのは、カディオだった。

校舎の向こうから明るい日が差し、彼自身が太陽そのもののように輝《かがや》いて見える。ローザリアの強《こわ》ばった肩《かた》から、ふと力が抜《ぬ》けていく。

思えばあの出会いからずっと、カディオの全《すべ》てに心を揺《ゆ》さぶられてきた気がする。

それがなぜなのか、初めての経験だから自分自身分かっていなかった。揺らいでばかりで弱くなってしまったのかと、戸惑《とまど》い、何度も自問した。

――けれど、今なら分かるわ。

そう。あれはきっと、一目惚《ひとめぼ》れだった。

ずいぶん捜《さが》したのか、カディオはホッと息をついた。

「よかった。ここにいたんですね」

呆然《ぼうぜん》としていたローザリアは、ようやく問いを口にした。

「カディオ様。なぜ、こちらに？」

彼はゆっくり歩み寄りながら微笑《ほほえ》む。

「殿下《でんか》に言われたんです。ローザリア様の様子がおかしいから、捜してほしいって」

「レンヴィルド様が……」

正直、今最も聞きたくない名前だ。

意地悪な笑《え》みを思い出しかけ、ローザリアは口元が引きつりそうになるのを懸命《けんめい》に堪《こら》えた。

同時に、この状況《じょうきょう》を作り出したレンヴィルドの意図を察してしまう。カディオに対して素直になれとお膳立《ぜんだ》てしているのだろう。

素直になれば、本音を聞けるだろうか。

そっと隣《となり》に腰《こし》を下ろす彼の柔《やわ》らかな笑顔を見上げる。

「――カディオ様。わたくし、ずっと悩《なや》んでいることがありますの」

心配していたこともあってか、カディオは即座《そくざ》に頷《うなず》いた。

「俺でよければ何でも聞くよ」

「ありがとうございます。やはりカディオ様は、頼りになりますわね」

心持ち体を寄せると、彼は視線をうろうろさせながら僅かに距離《きょり》を取った。

ローザリアはすぅっと目を細める。

「それです」

「は、はい？」

「なぜ、そのようにわたくしを避《さ》けるのですか？」

カディオが分かりやすく硬直《こうちょく》した。

それだけで、甘い雰囲気《ふんいき》にならないよう意識的に避けられていたのだと分かる。

ローザリアは誤魔化すことを許さず、じっと横顔を見つめ続けた。

「その、俺達は身分の差があるし」

「男爵家《だんしやく》と侯爵家《こうしやく》では確かに家格の差が目立つかも知れませんが、わたくしは『薔薇姫』。それだけで価値は暴落いたしますので、むしろもらっていただけるならありがたいほどです」

「そんなふうに自分を卑下《ひげ》するのはやめてください。ローザリア様のことを思えば、もっといい人がいると思うし」

「もっといい人、というのは具体的にどのような人物でしょう？　例えばわたくしは侯爵家の人間なので高い身分に魅力《みりよく》を感じませんし、経済的にも困っておりません。地位も富も名声も人によって価値が変動してしまうものですが、その辺りいかがお考えですか？」

「あの、ルーティエさんが前に言ってましたよね、新しい婚約者《こんやく》って。『乙女《おとめ》ゲーム』のようにあなたが破滅しなければいいと思ってたけど……もしかしたら登場人物である俺は、側《そば》にいない方がいいんじゃないでしょうか。あなたはゲームとは全然関係ない人と、幸せに……」

「わたくしが『乙女ゲーム』ごときに屈しないことは、あなただってよくご存知でしょう？」

「うぅ……」

彼が繰《く》り出す言いわけを次々論破していくと、ついに黙《だま》り込んでしまった。

ローザリアはアイスブルーの瞳《ひとみ》をすうっと細めた。

「カディオ様、誤魔化さないでください。わたくしが聞きたいのは、あなたの気持ちです」

覗《のぞ》き込むようにしていた金色の瞳が見開かれる。

どうやら、意図は正しく伝わったようだ。

一般《いっぱん》的な見解ではなく、ましてや『カディオ・グラント』としてではなく。

大切なのは彼の本心。

カディオの表情が不意に歪《ゆが》んだ。

「……それでも、俺は駄目《だめ》だから」

吐《は》き出されたのは彼自身を否定する言葉。

思いがけず、ローザリアは黙り込んだ。

「ある日突然《とつぜん》知らない世界に放《ほう》り出された。同じように、いつか突然『カディオ・グラント』の人格が戻《もど》るかもしれない」

「それは、」

「絶対にあり得ないなんて誰《だれ》にも断言できないはずだ！　だって、あり得ないことのはずなのに、俺はこうして違《ちが》う世界に転生してる……！」

彼が声を荒《あら》らげるのを初めて見たかもしれない。

激情がほとばしったような、胸が締《し》め付けられるような哀切《あいせつ》。

ルーティエの話を聞いた時、何年経《た》とうと慣れることはないのだと、分かっていたのに。

ましてカディオは転生しておよそ一年。日々は目まぐるしく過ぎるばかりで、生きることに必死になるしかなかったはずだ。

辛《つら》さが紛《まぎ》れるわけではないのに。

「……大切なものなんて、作れるはずがない。愛《いと》しいものなんて、なおさら――」

確かに過去の『カディオ・グラント』に戻ることがないとは、断言できない。

けれど彼は、たとえ永劫《えいごう》戻《もど》ることがないと確約があっても、誰の手も取らない気がした。

まるで幸せになるのが罪のように。一生良心の呵責《かしゃく》に苛《さいな》まれながら、独りで。

込み上げる強い感情を呑《の》み込もうとして、ローザリアの唇《くちびる》が戦慄《わなな》いた。

そんな悲しい生き方は許せなかった。

閉じ込められたまま生きるはずだったローザリアを、解き放ってくれたのは彼なのに。

「……『何で我慢《がまん》する必要があるんでしょう？　自分の人生なんだから、好きに生きればいいと思いますけど』」

「！」

カディオが目を見開く。

思い通りの反応を得られて、ローザリアはいたずらが成功した子どものように笑った。

そう、これはあの日彼からもらった言葉だ。

運命に縛《しば》られて生きる必要はない。それは、カディオにも言えること。

「カディオ様。今度二人で、あなたのご実家に行ってみませんか？」

「えぇ……ええっ!?」

ローザリアの突然の発言に、カディオはギョッと体をのけ反らせた。

「それは、でも」

「わたくしがついておりますから、きっと大丈夫《だいじょうぶ》ですわ。もしも困ったことがあってもうまく対処いたします」

「あ、ありがたいですけど前も言ったように、もし本当の『カディオ・グラント』じゃないと疑われたら……」

「その時は、真実の愛に目覚めたとでも言っておけばいいのでは？　少しくらい人格が変わっていても、突然現れた婚約者《こんやく》に動揺《どうよう》している間は気付かれないかもしれません」

「婚約者ー!?」

ローザリアは丸め込むべく、ここぞとばかりに笑顔を作った。

「あら、いい案だと思ったのですけれど。未婚の令嬢《れいじょう》が殿方《とのがた》のご実家を訪問する理由など、それ以外に思い付かないでしょう？」

「そ、うなんでしょうか……」

彼は段々思考が鈍《にぶ》り始めているようで、うまくいけばこのまま押し切れそうだ。

婚約者を名乗れば女性との噂《うわさ》が絶えなかったカディオを変えてくれたと諸手《もろて》を挙げて歓迎《かんげい》さ

れるだろうし、ローザリア的にも利点しかない。

偽《いつわ》りの婚約者から始めたって何ら構わないのだから。

けれど、カディオは振《ふ》り切るように首を振った。

「やっぱり、そんなふうにあなたを利用するなんてできない。あなただからこそ」

「利用なさって。どうかわたくしだけを」

「俺が言ったこと忘れたんですか？　俺がずっと俺でいられる保証なんて――……」

悲観的なことばかり紡《つむ》ぐ唇に、ローザリアは人差し指をそっと押し当てる。

「例えば、今のカディオ様でなくなったとして。――このわたくしが、ただ傷付き泣き暮らすだけだと思いますか？」

むしろどんな遊び人が相手であろうと、遊ぶ余裕《よゆう》などないくらい心を掴《つか》んでみせよう。

カディオの人格が変わったからといって逃《に》がすつもりは毛頭なかった。離《はな》れないで済む方法などいくらでもある。

ローザリアはアイスブルーの瞳を細め、鮮《あざ》やかに微笑《ほほえ》んだ。

「怖《こわ》がらないでください。少しずつ、あなたの人生を始めてみましょう。まずは、ご家族と向き合うところから」

カディオの顔がくしゃりと歪むから、泣くかと思った。

けれど彼は笑った。

眉尻《まゆじり》を下げ、唇を震《ふる》わせて。

情けない顔がひどく愛しい。

結局今回も素直《すなお》になることはできなかったけれど、いずれは想《おも》いを打ち明けたい。

そうしてゆくゆくは、ルーティエにとってのアレイシス達のように、ここにいていいのだと安心させられる存在に。

伝えたら彼はどんな顔をするだろう。

愛しい笑《え》みを見つめながら、ローザリアは想像を膨《ふく》らませた。


選挙戦は、前評判通りローザリアが制した。

さりげない親切を行うたび評価は右肩上《みぎかたあ》がり。

元々が悪すぎたために、善良な者なら気にも留められないような行動さえ称賛《しょうさん》される。

微笑みかけるだけで、手を振り返すだけで。

演壇《えんだん》に立ったローザリアは、一人一人の顔を確かめるように全校生徒を見渡《みわた》した。

「応援《おうえん》してくださった皆《みな》さま、本当にありがとうございます。先ほどご紹介《しょうかい》いただきました、ローザリア・セルトフェルと申します」

大きな拍手《はくしゅ》が起こり、目を細める。

「この度《たび》わたくしは、庶務《しょむ》を拝命いたしました。執行部《しっこうぶ》の一員として役員の皆さまを精いっぱい助け、仕事に対する重い責任を自覚しつつ、努力を惜《お》しまず職務をまっとうしていきたいと思っております」

ローザリアの演説を聞きながら、それぞれ会計、書記に就任するアレイシスとフォルセが、演壇の袖《そで》で囁《ささや》き交《か》わす。

「いやもう、庶務の貫禄《かんろく》じゃないだろ……」

「いっそ名前の変更《へんこう》を考えるべきではないかな？　主務とか、特別要務とか」

「大体何だよ、急に執行部入るとか」

「だいぶ前から根回しはしていたけどね。まぁ彼女のことだから、どうせ学園を裏から牛耳《ぎゅうじ》りたいとかそういう理由だろう」

彼らの隣《となり》ではレンヴィルドと、副会長となるデュラリオンが苦笑《くしょう》している。

ローザリアは就任演説を続けながら、義弟《おとうと》らにあとで仕返しすることを心に誓《ちか》った。

「学園をよりよい環境《かんきょう》にしていくためには、この場にいる全員の努力が必要です。皆さまも、ご意見やご要望がございましたら、ぜひわたくしにぶつけてくださいませ」

これほど大勢の前に立つことを、ローザリアは感慨《かんがい》深く思う。

栄《は》えあるレスティリア学園の執行部に名を連ねるなんて、『薔薇《ばら》姫《ひめ》』として籠《かご》の鳥で過ごしていた頃《ころ》からは考えられない状況《じょうきょう》だ。

レンヴィルドの背後に控《ひか》えているカディオを、横目で視界に収める。

暗幕の陰《かげ》にいても分かる。彼はきっと、励《はげ》ますようにこちらを見守っているはずだ。

想像するだけで背筋がスッと伸《の》びる。

――わたくしはカディオ様に恋《こい》をして、強くなれたと断言できるわ。一人でいた頃よりも、恋を知らなかった頃よりも、ずっと。

「――それでは皆さま、ご静聴《せいちょう》ありがとうございました」

頭を下げ、再び生徒達を見渡す。

そこには、作りものではない柔《やわ》らかな微笑《びしょう》があった。


今日の放課後も、いつものお茶会の集まり。

ローザリア達はこれから執行部の活動が始まって忙《いそが》しくなる。それまでの短いひとときを、今まで通り過ごすと決めていた。

まだ談話室にはローザリアとルーティエ、そして使用人らしく気配を消して控えるグレディオールとミリアしかいない。

「そういえばローザリアさん。最近カディオさんとレンヴィルド様と、何かあった？」

ルーティエの何気ない一言に、ローザリアは平静を装《よそお》えなかった。

僅《わず》かな表情の強《こわ》ばりを見逃《みのが》さず、彼女はさらに追及《ついきゅう》する。

「やっぱり！　ちょっとぎこちないと思ってたんだよねー！」

「そんなに……分かりやすいかしら？」

「カディオさんはものすごく分かりやすいけど、ローザリアさんとレンヴィルド様に関しては勘《かん》みたいなものだよ！　他《ほか》の三人も全然気付いてないと思う！」

やたらと嬉《うれ》しそうにどや顔するルーティエだが、ローザリアとしては複雑だ。カディオが分かりやすいという点には激しく同意だが。

「他人には分からない違《ちが》いに気付くなんて、すごくない!?　何か親友っぽーい！」

「そういうものかしら……」

レンヴィルドとは、何ごともなかったかのように接している。

時々必要以上に毒舌《どくぜつ》になってしまう場面もあるけれど、あっさり騙《だま》されからかわれたことをルーティエや義弟達には絶対知られたくなかった。ローザリアの沽券《こけん》に関《かか》わる。

彼自身があの日のやり取りに触《ふ》れようとしないことに若干《じゃっかん》のうすら寒さを感じつつ、何とか平常通りにやっているといったところだ。

カディオはカディオで、なぜか以前にも増してぎこちなくなっていた。

話しかければ固まってしまうし、ほんの少し触れただけであからさまに逃げられる。どこか一線を引いているふうな時とはまた違った意味で、徹底的《てってい》に避《さ》けられるようになってしまった。本音をぶつけ合ったはずがどうして悪化しているのか。

円満な対人関係を築くのがこんなにも難しいことだなんて、ローザリアは知らなかった。

——なぜああも極端《きょくたん》なのかしら。いっそ互《たが》いの爪《つめ》の垢《あか》でも煎《せん》じて飲めばいいのに……。

そうすればレンヴィルドの思考回路だって少しは分かりやすくなるし、カディオは貴族らしく本心を隠《かく》して振る舞《ま》うことができるだろう。

現実逃避《とうひ》ぎみに考えていると、瞳《ひとみ》をキラキラさせたルーティエが身を乗り出してきた。

「ねぇねぇ、何があったの？　もしかして恋バナ？」

「それは……」

恋バナが何なのかは分からないが、どちらとの出来事も何となく言い出しづらい。

答えあぐねたローザリアは、今回の騒動《そうどう》の顛末《てんまつ》に全《すべ》ての責任を押し付けることにした。

「他国の王族が関わっているため今まで打ち明けることができなかったのだけれど、実はお忍《しの》びでいらっしゃったシャンタン国の王子殿下《でんか》が、王都で事件に巻き込まれてしまって。その解決にかなり尽力《じんりょく》したからかしら、わたくし達全員、疲《つか》れが溜《た》まっているのかもしれないわ」

ローザリアが持参した柚子《ゆず》と蜂蜜《はちみつ》のジャムサンドクッキーを並べていたルーティエが、ふとその手を止めた。

「あれ？　お忍び……王子……シャンタン国……」

「ルーティエさん？」

今さら驚《おどろ》きを露《あら》わにする彼女に首を傾《かし》げる。

ローザリアがシンを助けたことは、噂《うわさ》としてルーティエも知っているはずなのだが。

呆然《ぼうぜん》と動かなくなってしまった友人の、翡翠色《ひすいいろ》の瞳がじわじわ見開かれていく。焦燥《しょうそう》の色濃《いろこ》い顔はなぜか青ざめている。

「ロ、ローザリアさん……！　大変、私、思い出しちゃった！　今さらすぎるんだけど、シャンタン国の王子がお忍びで来るのは……」

その時レンヴィルドがカディオを伴《ともな》って顔を出したので、会話が遮《さえぎ》られるかたちになった。

「ごきげんよう。レンヴィルド様」

「やぁ。ローザリア嬢《じょう》、ルーティエ嬢」

ローザリアは次いで、いつものようにカディオとも挨拶《あいさつ》を交わす。

「カディオ様もごきげんよう」

目が合った瞬間《しゅんかん》の、彼の狼狽《うろた》えようといったらなかった。

「こっ、こここんにちは、ローザリア様！　あのその、今日はとてもいい天気ですね！」

「そうね。どんよりとした空模様ですけれど」

カディオは視線を彷徨《さまよ》わせながら、わけもなく右往左往する。その動作も壊《こわ》れた人形のようにぎこちないし、このまま勢いで爆発《ばくはつ》でもしてしまいそうだ。

本当に、どんなに鈍《にぶ》い人間が見ても明らかに何かありましたと言わんばかり。なぜサクッと次の段階へ進めないのかと考えてしまう、ローザリアの方こそおかしいのだろうか。恥《は》じらう乙女《おとめ》のような姿を見ているとどうしても釈然《しゃくぜん》としない。

レンヴィルドも微妙《びみょう》な顔をしているから、なおさら居たたまれなかった。せっかく機会を作ったのにと言いたげだ。

彼は仕事量が減ったことですっかり疲れの取れた顔をしているけれど、今日はどこかげんなりしているように見えた。用意した紅茶を、挨拶もそこそこに一気に飲み干す。

ローザリアとルーティエは呆気《あっけ》に取られて言葉も出なかった。

レンヴィルドが、じろりとこちらを見る。

「何か文句でも？」

「文句などございませんが、ずいぶんやさぐれていらっしゃいますわね」

「やさぐれたくもなるよ。会長の仕事を疎《おろそ》かにしたくないからという理由で執務《しつむ》を減らしてもらったはずが、また仕事に追われる羽目になりそうなのだから」

彼は憂鬱《ゆううつ》そうなため息をつくと、金髪《きんぱつ》を乱暴に掻《か》き混ぜた。

「今回の交流は、結果的に大成功だった。シャンタン国の使節達、そして不測の事態ではあったけれどシン殿下とも親睦《しんぼく》を深めることができた。できすぎたくらいだ」

「と、おっしゃいますと？」

成功したのに何が不満なのか。土壁《つちかべ》技術の向上や交易など、いいことずくめのはずだ。

訝《いぶか》しむローザリアに、レンヴィルドは横目で視線を流した。

「今回の件を高く評価しているのはシャンタン国側も同様でね。さらに交流を深めるべく、シン殿下に加え第二王子、第四王子がレスティリア学園に留学することが決まったんだ。在学中彼らを歓待《かんたい》するのはもちろん……」

「執行部《しっこうぶ》、ですか」

「その通り」

また忙しい日々に舞い戻《もど》りでは、やさぐれたくなるのも分かる。

ローザリアにとっても他人事《ひとごと》ではないから、つい似たような表情になってしまった。

「しかも話はそれだけでは終わらない。彼らの留学に合わせ、何と特例でヘイシュベルの入学も決定したんだ。まだ十二歳だけれど、次代を担《にな》う者達を交流させない手はない、とね」

「つまり王子殿下が合計四人、ですか……」

あの個性の塊《かたまり》のようなシンの兄弟達と、純粋《じゅんすい》な憧憬《どうけい》が荒《すさ》んだ心に眩《まぶ》しすぎる未来のレスティリア国王陛下がやって来る。

何とも面倒《めんどう》な予感しかしないが、レンヴィルドの口振《くちぶ》りから察するに決定事項《じこう》のようだ。議会で決まったことならば簡単には覆《くつがえ》せない。

どんよりしていると、ずっと黙《だま》っていたルーティエが恐《おそ》る恐るといった様子で口を開いた。

「やっぱり、プロローグだ……」

「プロローグ？」

言葉の意味が分からず聞き返すと、彼女は悲愴《ひそう》な顔を上げた。

「シャンタン国の王子の一人がお忍びでやって来る。それってプロローグ――『乙女ゲーム』続編の、始まりなの……！」

しん、と談話室が静まり返った。

『乙女ゲーム』の、続編。

そういえば、以前カディオからチラリと聞いた覚えがあるような。

事情を知らない人間が聞けば、ただの妄想《もうそう》じみた発言だと判断するだろう。

けれどレンヴィルドとカディオは、ルーティエが転生者だと知っている。

彼女の困惑《こんわく》ぶりを見ていれば気を遣《つか》えるような心境ではないことも分かるけれど、彼らは攻《こう》略《りゃく》対象でもあるので微妙に気まずい話題だ。

さりげなく話題を逸《そ》らそうと口を開きかけたローザリアだったが、続く言葉はその場にいる全員にさらなる衝撃《しょうげき》を与《あた》えた。

「続編は、たくさんの王子様達と絆《きずな》を深めてく話だったと思う。もちろんこれまでの攻略対象達も登場してて、本編が友情エンドで終わった設定でそこからまた恋《こい》が始まってくの。でもおかしいの。続編って確か、ヒロインは執行部に入ってたはずなんだよー！」

涙目《なみだめ》で訴《うった》えるルーティエの肩《かた》に、ローザリアはそっと手を置いた。

そして、それこそ大輪の薔薇《ばら》のような笑《え》みを浮《う》かべる。

「ルーティエさんが『乙女ゲーム』続編の知識を持っているなんて初耳だわ。とりあえず一度あなたの知りうる情報を洗いざらい聞く必要がありそうね」

「え。えっと、でもよく覚えてなくて……」

「頑張《がんば》りましょう。もっと心身共に追い込めば、何かの拍子《ひょうし》に記憶《きおく》が甦《よみがえ》るかもしれないわ」

「えぇぇぇえー!? 何か怖《こわ》いこと言い出した！」

「――『乙女ゲーム』。とは何だ？」

混乱しすぎて大騒《おおさわ》ぎする二人を硬直《こうちょく》させたのは、ここにいるはずのない声。

ローザリアが振《ふ》り返ると、なぜかそこにはシンがいた。

いつものごとく気配を消していたのか、談話室に入り込んでいたことさえ気付かなかった。

やけに疲労感《ひろうかん》を漂《ただよ》わせたイーライを引き連れているため、ここに来るまで彼らの間でどのような押し問答が繰《く》り広げられたのかは大体お察しだ。見ればレンヴィルドも絶句している。

気になるのは今の会話をどこまで聞かれていたのかだが、不用意に切り込めば墓穴《ぼけつ》を掘《ほ》る羽目になるかもしれない。

ローザリアはとりあえず、何ごともなかったかのように微笑《ほほえ》んだ。

「ごきげんよう、シン殿下。ところで、なぜ学園に？」

「下見だ。俺だけは、元々この国に留学するつもりだったから、楽しみで待ち切れなかった」

そういえば彼は、使節団に紛《まぎ》れ入国した理由を『一足先に見てみたかった』からと語った。

一足先に。それは、少しだけ先行するという意味だ。

——シャンタン国の国王陛下は、勝手に留学する気になっているシン殿下のために、レスティリアと親交を持つ気になったのかしらね……。

留学の話が消えても学園に侵入《しんにゅう》してしまいかねない突飛《とっぴ》さが、シンにはある。レスティリア王国から差し出された手を取る以外、あちらには選択肢《せんたくし》がなかったのだろう。

案外使節団には、受け入れ環境《かんきょう》が整っているかの確認《かくにん》という目的もあったのかもしれない。

「そうだったのですね……」

「だから、今度こそゆっくり口説ける」

「はい？」

目の前に真っ赤な薔薇を差し出され、ローザリアは目を見開いた。

「レスティリアでは、意中の相手に花を贈《おく》ると聞く。薔薇《きら》は嫌いか？」

「あの、嫌いというわけではないのですが……」

つい歯切れ悪くなってしまったのは、贈られたのが大輪の薔薇であったためだ。

ローザリア・セルトフェルが『薔薇姫《ひめ》』であることは、国内貴族にとって有名な話。

だが呪《のろ》いのような逸話《いつわ》は外聞が悪いため、他国にはほとんど知られていないはず。

なぜ、シンは薔薇を選んだのか。そもそも数度ほど言葉を交《か》わしただけのローザリアをこうも真剣《しんけん》に口説こうとするのはなぜか。

もしかしたら突飛さの陰《かげ》に策士の顔を隠《かく》しているのではと、つい裏を疑ってしまう。

「レスティリア王国では、議会に女性は参加できないのだと、カラヴァリエ伯爵《はくしゃく》から聞いた。女性が爵位を得ることは、極《きわ》めて異例だとも。惜《お》しいと思ったのだ。君には、物事を動かす力があるし、何より国を思って行動できる。それは、得がたい才能だ」

淡々《たんたん》と、けれど真摯《しんし》に紡《つむ》ぎ出される言葉に、ローザリアは困惑した。どうしても彼の言動に嘘《うそ》があるとは思えない。

「その、ご評価いただけてとても恐縮《きょうしゅく》なのですが……」

「レスティリア王国で腐《くさ》らせてしまうには、あまりにもったいない。君は、シャンタン国に来るべきだ。少なくとも、この国よりは開けている」

「ええと……」

シンの情熱的な攻撃《こうげき》を、体を張って遮《さえぎ》ったのはカディオだった。

まるで咄嗟《とっさ》に動いてしまったと言わんばかりで、我に返ると途端《とたん》にオロオロし出す。

「あ、あれ？　すみません、俺、何で……」

その時、ハラハラと事態を見守っていたルーティエが突然大きく手を鳴らした。

「あっ、思い出した！　何か見覚えがあると思ったら、そうだ、続編でローザリアさんの新しい婚約者として登場するシャンタン国の第三王子だ！」

　空気を読まない発言に、ローザリアだけでなくなぜかカディオとレンヴィルドまで凍《こお》る。

　談話室が異様な雰囲気《ふんいき》に包まれる中、最速で立ち直ったのは王弟殿下《おうていでんか》だった。彼は胡散臭《うさんくさ》い笑みを浮かべて進み出る。

「シン殿下。それ以上の勝手な振る舞《ま》いは、たとえ友人であっても看過できませんよ」

　にこやかでありながらも不穏《ふおん》な空気をまとう彼に、シンは心底不思議そうに首を傾《かし》げた。

「君に、何ができる？　思慮《しりょ》深く聡明《そうめい》で、道理に反したことはできないように思えるが」

「何とでも。権力も、たまには行使しないと鈍《にぶ》ってしまいますから」

　切れそうに鋭《するど》い視線を一瞬《いっしゅん》だけ交錯《こうさく》させるレンヴィルドだったが、なぜか彼の説教はローザリアにまで飛び火した。

「ローザリア嬢《じょう》の対応にも問題はあるよ。あなたのことだから何か思惑《おもわく》があるのではと勘繰《かんぐ》っていたのだろうけれど、こういった時は期待させるような隙《すき》を見せるべきではない」

「す、すみません……」

　笑みの迫力《はくりょく》に思わず謝ってしまったけれど、今最も重要なことは他《ほか》にあるはずだ。

　そう、まずはルーティエの尋問《じんもん》を続けるべきではないか。

「あの、レンヴィルド様。そんなことより……」

「そんなこと？　今、あなたはそんなことと言ったね？」

「あぁ、すみません。決して誤魔化《ごまか》す意図があったわけでは……」

「そういう問題じゃない。自身の身の安全を『そんなこと』なんて言葉で片付けようという姿勢そのものが間違《まちが》っているんだ」

お小言が本格化しそうな流れに辟易《へきえき》としていると、カディオまでもが頷《うなず》きだした。

「そうですよ。ローザリア様は少し、無防備すぎると思います。男性に対してもっと危機感や警戒心《けいかいしん》を持つべきだと思います」

「私も賛成！　この先どんなことが起こるか分からないし、前もって注意するのは大事！」

「ルーティエさん、あなたもなの……」

そこにルーティエまで加わって、ローザリアの旗色はどんどん悪くなる。

親しい者達に叱《しか》られるという謎《なぞ》の窮地《きゅうち》に陥《おちい》っている主人を他人事のように眺《なが》めながら、グレディオールはポツリと呟《つぶや》いた。

「かの有名な大帝国《だいていこく》の王が腹心に裏切られ殺される際に遺《のこ》した言葉をなぞらえるとは、さすがローザリア様」

「なぞらえてないでしょうし、そもそもローズ様は殺されておりませんし」

どうせ異世界の無駄《むだ》知識に違いないと、ミリアは同僚《どうりょう》の不謹慎《ふきんしん》さを小声で窘《たしな》めた。

# 苦い罪のエピローグ

ローザリアは週末、セルトフェル邸《てい》に帰っていた。

賑《にぎ》やかしい盛りを迎《むか》え、緑と花に溢《あふ》れた庭園を眺めながらリジクと紅茶を飲む。

広大な庭の管理を担《にな》っている庭師の仕事はさすがと言うしかない。

昔は祖父の従者として辣腕《らつわん》をふるい使用人達を鍛《きた》えていただけあり、老齢《ろうれい》であるにもかかわらず底知れぬ体力だ。

窓の外を舞う蝶《ちょう》をぼんやり目で追いながらも、ローザリアはため息をつかずにいられない。

美しい庭を前にしながら、先日大騒ぎの末ルーティエから聞き出した『乙女《おとめ》ゲーム』についてつい考えてしまう。

続編では、『ヒロイン』であるルーティエが執行部《しっこうぶ》に在籍《ざいせき》していたという。

美麗《びれい》な王子殿下達や執行部員に囲まれてちやほやされているところに、国外追放されたはずの『悪役令嬢《れいじょう》』ことローザリアが隣国《りんごく》の第三王子の婚約者《こんやく》という肩書《かたが》きを得て不死者のごとく舞い戻《もど》り、またもルーティエを痛めつけるというような展開らしい。

ローザリアとしては、不死者呼ばわりされた上に再び『極悪令嬢《ごくあく》』への道を無理やり歩ませられ、一体人を何だと思っているのかと文句を言いたいところだ。人権はどこに。

ルーティエは執行部に入っていないし、ゲーム通りに進んでいないから、とうにシナリオは変わっているのだと思っていたらしい。続編など始まらないと。

だが実際、シャンタン国の王子殿下達の留学が設定通り決定してしまっている。

現在執行部にはルーティエではなく、『悪役令嬢』であるはずのローザリアが入っている。この場合、彼女の言う『ヒロイン』とはどうなるのだろう。設定に沿っていないから、今後の展開も変わってくるのだろうか。

考えねばならないことは山積しているというのに、留学生を受け入れる準備や交流計画立案など、現実的にも忙《いそが》しい。

目まぐるしい日々に頭が痛くなりそうだ。

木苺《きいちご》のマカロンをひとくちで頰張《ほおば》っていたリジクが、嚥下《えんか》してから口を開いた。

「何を悩《なや》んでいる？」

次いですかさずチョコレートのマカロンを放《ほう》り込む祖父に、ローザリアはため息をつく。

「一体どのように説得すればお祖父様《じいさま》が甘いものを控《ひか》えてくださるか、わたくしはいつもそればかり考えております」

「ならば考えるだけ時間の無駄だ」

「まぁ。控える気はないとおっしゃいます？　ある日突然《とつぜん》頭の血管がプツリと切れてしまっても、お祖父様は人生に一片《いっぺん》も悔《く》いはないと言い切られるのですね。可愛《かわい》い孫達を遺していくことになったとしても」

あくまで笑顔《えがお》のまま問うと、リジクは途端に渋《しぶ》い顔になる。まるで突然菓子《かし》が不味《まず》くなったとでも言いたげな表情。

「お前は本当に本当に、底意地が悪い」

「全《すべ》ては血のなせる業《わざ》でしょうね」

「その上ああ言えばこう言う……」

リジクは軽口をいなすと、急に真面目《まじめ》な顔になった。

「お前は外に出るようになって、ずっと生き生きするようになったな。こうして土産《みやげ》を受け取る側になったことも、実に感慨《かんがい》深い」

白い皿に並べられた色とりどりのマカロンは、ローザリアの手土産だ。

目を細める祖父に穏《おだ》やかな笑みを返す。

「……お祖父様。もしもわたくしが留学したいだなんて言い出したら、お祖父様は、賛成してくださる？」

他愛《たわい》のないたとえ話のつもりで振《ふ》ると、彼は意外にも真剣《しんけん》に返した。

「むしろ『薔薇姫《ばらひめ》』の伝説がない国外の方が、ローザリアには過ごしやすいかもしれないな。だが、実現するには国内貴族の反対意見を抑《おさ》える必要がありそうだ」

『薔薇姫』がもたらす危険を信じきっている貴族達は、もちろん反対するだろう。

それをきっかけに外交問題に発展しては困るし、そもそもドラゴンはレスティリア王国の礎《いしずえ》とされているのだから万が一怪我《けが》でもされてはと戦々恐々《せんせんきょうきょう》だろう。

そういった反発をいかに封《ふう》じていくべきか想定しているのか、リジクの鋭い眼光に迫力がありすぎる。だがローザリアと目を合わせると、不意に柔《やわ》らかな表情になった。

「誰《だれ》が何と言おうと、お前には自由に生きる権利がある。俺は、自ら踏《ふ》み出す選択《せんたく》をしたお前を、誇《ほこ》りに思っているぞ」

「お祖父様……」

「そうでなくとも大切な忘れ形見だ。息子《むすこ》達も、きっとローズの幸せを祈《いの》っている」

リジクの厳しい顔は、亡《な》き父に少し似ている。

父はいつも締《し》まりのない顔をしていたけれど、表情を引き締めると迫力があった。

――最近、頻繁《ひんぱん》に両親の面影《おもかげ》に触《ふ》れている気がする……。

「……ありがとうございます。お祖父様」

幼馴染《おさななじ》みだったという二人。彼らはいつも互《たが》いを、そしてローザリアを想《おも》っていた。

朗《ほが》らかな笑みを思い出せば、いつの間にかローザリアも笑っていた。

リジクは小さく笑うと、話を戻した。

「それで、本当に留学したいのか?」

「いいえ。むしろ留学など突然決まれば受け入れる側にとって迷惑《めいわく》でしかないことが、今回身に沁《し》みて分かりましたから」

面倒《めんどう》な『乙女ゲーム』続編の登場人物達なんて、極力接触《せっしょく》しないに限る。執行部として関《かか》わらざるを得ないなら、せめて交流は最低限だ。

重いため息をつくと、祖父は眉間《みけん》にシワを寄せた。

「ローザリア、お前は留学生の世話係くらいで悩むような神経をしていないだろう。何をそんなに難しい顔をする？」

失礼すぎる評価はともかく、真剣にローザリアを思ってこその発言だと分かるから、静かに見つめ返した。

『乙女ゲーム』の存在については、祖父に話していない。

悪役令嬢として破滅《はめつ》するはずだったなんて、打ち明けてもいい気分はしないだろう。

ローザリアは完璧《かんぺき》な笑みを作ると、取り皿の上のマカロンを見下ろした。

「こちらのマカロンの複雑な味わいに感心しておりました。生地《きじ》の部分に練り込まれたピスタチオの青みのある香《こう》ばしさとなめらかなホワイトチョコレートのこくが融合《ゆうごう》し、華《はな》やかでありながらとろける味わいと……」

「白々しすぎるぞ、ローザリア」

半眼で指摘《してき》するリジクに、半眼を返す。

「お祖父様相手に真面目な言いわけをしたところで、意味がないですもの」

何と誤魔化《ごまか》しても見抜《みぬ》かれてしまうと思えば、頭を使うだけ労力の無駄だ。

口先だけでなくマカロンを堪能《たんのう》していると、リジクはソファに背を預けた。

ため息をつきながら、同じくピスタチオとホワイトチョコレートのマカロンを手に取る。

「……意地っ張りなローズ。困った時は、必ず頼《たよ》りなさい」

吐《と》息《いき》に乗せられた言葉に、マカロンを味わいつつこっそり笑みを浮《う》かべた。

「おいしいでしょう？」

「あぁ。だがこちらの木苺のマカロンも中にレモンソースが入っていてなかなか……」

「それはシトラスソースですわよ、お祖父様」

菓子の品評をあれこれ言い合いながら、ローザリア達は穏やかなひとときを過ごした。


リジクと別れ、ローザリアは自室で一人紅茶を飲んでいる。

カラヴァリエ領から始まった今回の騒動《そうどう》。

レンヴィルドは、デュラリオンから推薦《すいせん》を受けて選挙戦に臨《のぞ》むためだと思い込んでいたけれど、関わったのにはもう一つ理由があった。

八年前のローザリアの罪。

グレディオールとの出会いは八歳の頃《ころ》だった。

以来、何が楽しいのか分からないけれど仕えてくれていた。

何百年と眠《ねむ》り続けていたため世情に疎《うと》かった彼が、少しずつ人間らしい生活に馴染《なじ》み始めていた、そんな時。

『薔薇姫』という危険を排除《はいじょ》すべし、と唱えた者がいた。

それなりに歴史のある伯爵《はくしやく》家の当主だった。

当時は過激な動きも多く、わざわざリジクに直談判《じかだんぱん》に来る者もあった。

既《すで》に政治の中枢《ちゆうすう》を担《にな》っていた祖父は、その分政敵も多方面にいた。不満を持つ者達からすれば、忌《い》まわしい『薔薇姫』は恰好《かつこう》の標的だった。

かの伯爵はセルトフェル邸《てい》に何度も訪《おとず》れていたらしいが、ローザリアはそのことを全く聞かされていなかった。

いつもリジクが手早く追い払《はら》ってくれていたためだ。

だがその日は、伯爵がいつもより粘《ねば》った。

折悪しく、ローザリアも書物庫へ向かっていた。

二人が行き合ってしまったのは、不幸な偶然《ぐうぜん》としか言いようがない。

突然知らない男性から憎々《にくにく》しげに見下ろされる。

ローザリアは咄嗟《とっさ》に状況《じょうきょう》が理解できず、動けなくなった。

何も知らなかったから。排除すべしとの声が上がっていることも、それを訴《うった》える者が屋敷《やしき》を訪れていたことも。

『災厄《さいやく》を招く化け物め！　貴様など、滅《ほろ》びればいい……！』

男性がそう叫《さけ》んで手を振り上げた時も、馬鹿《ばか》みたいに突《つ》っ立っていた。

幼子に躊躇《ためら》いもなく振り下ろされる、凶器《きょうき》のように大きな手。

それは、呆然《ぼうぜん》としている間に消えてなくなっていた。

手だけじゃなく、腕《うで》も、体も。憎悪《ぞうお》に歪《ゆが》んだ恐《おそ》ろしい顔も、全て。

ローザリアも、制止すべく駆《か》け寄っていたリジクも、目を見開いた。

『──ご無事ですか、ローザリア様？』

男性が忽然《こつぜん》と消えた場所に立っているのは、いつも通り無表情なグレディオール。

『……今、のは……』

『あれは、排除いたしました。何度も屋敷に足を運ぶほどの執念《しゅうねん》は、ローザリア様にとって害悪であると判断しました』

震《ふる》える声で問うと、彼は淡々《たんたん》と答える。

そこには怒《いか》りや悪感情さえなく、まるで羽虫を潰《つぶ》した程度の熱量。

『排除って……どういうこと？　どこか別の場所に移動させた、とかではなく？』

『存在そのものを抹消《まっしょう》したんです。あれは以前から、少々煩《わずら》わしかった』

グレディオールの答えに全身が震えた。

ドラゴンである彼も、およそ二年で人間の暮らしに溶《と》け込み始めていた。

けれど、根本的なことを分かっていなかったのだ。

邪魔《じゃま》だからといって、殺してはならない。そんな当たり前の道理さえ。

消えてしまったものを元に戻《もど》すことはできない。

のちに、伯爵は行方《ゆくえ》不明とされた。

当時はリジクを疑う者もいた。伯爵が『薔薇姫《ばらひめ》』の排除を叫んでいたことは有名で、そんな人物がセルトフェル邸に寄ったのを最後に足取りが摑《つか》めなくなったのだから。

けれど、文字通り消されてしまった伯爵を殺した証拠《しょうこ》など、出てくるはずもない。

真実を知っているのはローザリアとリジク、そしてグレディオールだけ。

『私は知っているぞ！　私の友人は、お前に殺されたんだ！　あの男が突然《とつぜん》行方をくらますなんて考えられない！　お前は、人殺し――……！』

今回の黒幕であった子爵は、伯爵と親交があったのだろう。だからこそあれほど『薔薇姫』を忌み嫌《きら》い、憎悪に瞳《ひとみ》を燃やしていた。

ローザリアの後悔《こうかい》は、グレディオールを側《そば》に置くと決めたのに制御《せいぎょ》しきれなかったこと。

伯爵と、彼に関わる者達の運命をねじ曲げてしまったこと。

それはローザリアが負うべき咎《とが》だった。

一生、消えない罪。

「――ローザリア様、こちらを」

横合いから、湯気の立つ紅茶を差し出される。

音もなく近付いてきたのはグレディオールだ。見れば、ローザリアの持つティーカップはすっかり冷たくなってしまっている。

「……ねぇ、グレディオール。あの時わたくしが言ったことを、覚えている？」

ローザリアは彼の金緑の瞳を見上げ、儚《はかな》く微笑《ほほえ》む。

答えなど欲《ほっ》していない。独白のような問いだった。

けれど彼は、全《すべ》てを察したように首肯《しゅこう》する。

「私のあやまちを、諭《さと》してくださったのはローザリア様です」

「『自らを厭《いと》う人間を残らず消していけば楽になれるとは、決して思えないの。それは、運命に負けたのと同義なのよ』。今にして思えば、青臭《あおくさ》い綺麗《きれい》ごとね」

あの日、消された男性の名は、ディエム・カラヴァリエ。

カラヴァリエ女伯爵の亡《な》き夫であり、デュラリオンの実父。

今回、執行部《しっこうぶ》入りを目論見《もくろみ》、デュラリオンに恩を売りたかったのも本当だ。

けれどローザリアは、カラヴァリエ家が関わっていることに気付いたから、あえて事件に首を突っ込んだ。

デュラリオンとレイリカに立て続けに遭遇《そうぐう》したことで、何かあると関連付けて。

罪が償《つぐな》えると思ったからではない。償えたとも思っていない。

これは、ただのお節介《せっかい》として。

ローザリアは、拭《ぬぐ》えぬ苦い記憶《きおく》と共に瞳を閉じる。

振《ふ》り返ってみれば、あの日が決定的な分かれ道だったように思う。

ローザリアのために一人の命が失われた。大人びた子どもだったとはいえ、柔《やわ》く幼い心には

ひどく衝撃《しょうげき》的だったのだ。

あれ以降、より色々なことを諦《あきら》めるようになった。

自由になりたいというささやかな願いも手放した。欲することすら罪のように思えたから。

紅茶の苦みが引いていくのと入れ替《か》わるように、目蓋《まぶた》の裏に笑顔《えがお》が浮かんだ。

燃え立つ赤毛に褐色《かっしょく》の肌《はだ》。不器用でひた向きな優《やさ》しさ。

何もかもが目映《まばゆ》く、焦《こ》がれるように心が引き上げられていく。

銀色の睫毛《まつげ》に縁取《ふちど》られた瞳を、ゆっくりと開いた。自然と上がる口角に気付き、ローザリア

は吐息《といき》を漏《も》らす。

光に満ちた世界。気の合う友人。あの頃とは取り巻く全てが違《ちが》っている。

変えてくれたのはカディオだ。

「グレディオール、今のわたくしならばあなたにこう言うわ。『罪悪感や苦しみが付きまとう人生なんて願い下げ。わたくしはね、圧倒《あっとう》的な幸せを手にしたいの』」

ローザリアは冷めた紅茶を一息にあおった。

口内に広がる苦みを確かに嚙《か》み締《し》める。

「そのためにはやはり——恥《はじ》も外聞もなく、全てをなげうってでも、カディオ・グラントを必ず手に入れるわ」

まだ彼と出会ったばかりの頃、従者達にした宣言。けれどローザリアの胸にあの時のような打算はない。

切に心が望むから、摑み取るだけ。

勝ち気な眼差《まなざ》しを向ければ、グレディオールは珍《めずら》しく口端《こうたん》を持ち上げた。

「……あなたはどこまでも、あなたらしい」

共犯者めいた笑みを見届け、ローザリアは気分よく新しい紅茶を受け取った。

# あとがき

こんにちは、あるいは初めまして。浅名《あさな》ゆうなと申します。

『悪役令嬢《れいじょう》？　いいえ、極悪《ごくあく》令嬢ですわ２』をお手に取っていただきありがとうございます。

続編を出せたのも応援してくださったみなさまのおかげです！　ありがとうございます！

また、コミカライズも原作にない面白《おもしろ》さがあるので、併《あわ》せてよろしくお願いします！

駆《か》け足になりますが、謝辞を。

今回もたくさんお世話になった担当様。台風で近所の川が決壊した時はご心配のメールをくださいました。とても励《はげ》みとなりました。

一巻に引き続きイラストを担当してくださる花ヶ田《はながた》様。先生のイラスト本当に大好きです。

読者様より一足早く拝見できることは、大変恐《おそ》れ多くも楽しみの一つです。

校正様、書店様、この本を出版するにあたりご尽力くださった皆《みな》さま、そして読者様。

本当に本当にありがとうございました！

浅名ゆうな

BEANS BUNKO

「悪役令嬢？　いいえ、極悪令嬢ですわ２」の感想をお寄せください。
おたよりのあて先
〒102-8078　東京都千代田区富士見1-8-19
株式会社KADOKAWA　角川ビーンズ文庫編集部気付
「浅名ゆうな」先生・「花ヶ田」先生
また、編集部へのご意見ご希望は、同じ住所で「ビーンズ文庫編集部」
までお寄せください。

# 悪役令嬢《あくやくれいじょう》？　いいえ、極悪令嬢《ごくあくれいじょう》ですわ２

**浅名《あさな》ゆうな**

角川ビーンズ文庫　22021

令和２年２月１日　初版発行

発行者――――三坂泰二
発　行――――株式会社KADOKAWA
〒102-8177　東京都千代田区富士見2-13-3
電話 0570-002-301（ナビダイヤル）
印刷所――――株式会社暁印刷
製本所――――株式会社ビルディング・ブックセンター
装幀者――――micro fish



●お問い合わせ
https://www.kadokawa.co.jp/（「お問い合わせ」へお進みください）
※内容によっては、お答えできない場合があります。
※サポートは日本国内のみとさせていただきます。
※Japanese text only

ISBN978-4-04-108272-0C0193 定価はカバーに表示してあります。

◇◇◇